W0201916

BASTEI LÜBBE

JOHN SINCLAIR IM
TASCHENBUCH-PROGRAMM:

73 223 Der Sensenmann
73 224 Bennys Blutgericht
73 225 Geboren in der Hölle
73 226 Die Macht der Medusa
73 227 Urlaub im Höllenclub
73 228 Schrecken der Nacht
73 229 Die Zombie-Jäger
73 230 Das Blut-Skelett
73 231 Das Legat der Toten
73 232 Assungas Liebesnest

GEISTERJÄGER

JOHN SINCLAIR

Jason Dark

WERWOLF-HÖLLE

Horror-Roman

BASTEI LÜBBE

BASTEI LÜBBE TASCHENBUCH
Band 73 233

1. Auflage: September 2000

Vollständige Taschenbuchausgabe

Bastei Lübbe Taschenbücher
ist ein Imprint der
Verlagsgruppe Lübbe

Originalausgabe
All rights reserved
© 2000 by
Verlagsgruppe Lübbe GmbH & Co. KG,
Bergisch Gladbach
Titelillustration: Koveck / Norma Agency, Barcelona
Umschlaggestaltung: QuadroGrafik, Bensberg
Satz: Fotosatz Steckstor, Rösrath
Druck und Verarbeitung:
AIT Trondheim SA, Norwegen
Printed in Norway

ISBN 3-404-73233-2

Sie finden uns im Internet unter
http://www.bastei.de
und
http://www.luebbe.de

Der Preis dieses Bandes versteht sich einschließlich der gesetzlichen Mehrwertsteuer

Der starke Wind war kalt. Er heulte über das Land. Er rüttelte an den laublosen Bäumen und riß mit seiner Wucht auch stärkere Äste ab, die dann durch die Luft trudelten.

Aber er brachte auch noch etwas anderes mit. Es war ein Heulen und nicht typisch für den Sturm. Mehr für ein Tier. Mal wütend, sogar aggressiv, dann ins Klagende und Melancholische wechselnd.

So heulte kein Mensch und auch keine Sirene. Selbst ein Tier nicht. Es sei denn, es war ein besonderes Tier.

Ein Werwolf, zum Beispiel ...

Es war warm in der kleinen Wohnung. Er hatte geschwitzt, und jetzt schwitzte er noch stärker. Das merkte Tony Hogan nicht, der auf dem Bett in einem ungewöhnlichen Schlaf lag.

Er schlief. Es war jedoch kein normaler Schlaf. Es war auch keine durch das Unterbewußtsein gelenkte Unruhe, dieser ungewöhnliche Zustand drang von draußen auf den Schläfer ein. Er konnte weder durch Fenster noch Mauern aufgehalten werden, und Tony Hogan befand sich in einer Art von Warteschleife, die er aus eigenem Willen nicht verlassen konnte.

Er lag auf dem Rücken. Sein Oberkörper war nackt. Die Arme ruhten auf der Bettdecke. Die Augen hielt er nicht ganz geschlossen. Er schien durch die Spalten das Zimmer durchsuchen zu wollen, obwohl sich dort nur das einheitliche Grau einer Nacht abzeichnete.

Der kalte Glanz berührte das Fenster von außen. Es lag am Licht des Mondes. Der Erdtrabant stand als kaltes, gelbes Auge am Himmel und zeigte einen metallischen Glanz, als hätte jemand mit einem Tuch darüber hinweg gewischt. Sein Licht zeichnete eben auch das Viereck des Fensters nach, das sich von der üblichen dunklen Umgebung abhob.

Der Schläfer hatte den Kopf leicht gedreht. Seine Hände bildeten Fäuste, die jedoch nicht ganz geschlossen waren. Der Atem drang ruhig aus seinem Mund, und seine Brust hob und senkte sich kaum.

Das Stöhnen klang leise und auch gequält. Danach folgte ein kurzes Röcheln, dann war es wieder still.

Die ersten Anzeichen der Unruhe waren vorbei. Aber die Ruhe des Schläfers blieb nicht bestehen. Tony Hogan begann sich zu bewegen. Die starre Haltung löste sich auf, als er sich auf die Seite drehte, dabei die Beine anzog, und sich die Bettdecke bewegte. Die Augen noch geschlossen, blieb er nur für einen Moment auf der rechten Seite liegen, um Sekunden später die Haltung zu verändern.

Jetzt lag er wieder auf dem Rücken.

Eine kurze Ruhepause folgte. Die Starre des Gesichts löste sich auf, ein Zucken umlief die Mundwinkel, und wie von der Schnur gezogen bewegte der Mann im Bett seinen Kopf nach links, um dorthin zu schauen, wo sich das Fenster abmalte.

Es war und blieb die einzige helle Quelle im Mond. Der Mond schien auf der gesamten Erde nur ein Ziel zu haben, eben dieses Fenster, das er mit seinem mattkalten Glanz ausleuchtete.

Hogan blieb noch liegen. Ein Arm rutschte über die Bettkante hinweg, und die ausgestreckten Finger schwebten über den Boden. Es war genau der Arm, der zuerst zuckte. Eine knappe Bewegung nur, dann wurde die Hand in die Höhe gezogen. Sie und der Arm schleiften über die Bettkante hinweg, bis sie wieder neben dem Körper zur Ruhe kamen.

Er wartete.

Sein Atem hatte sich verändert. Er ging längst nicht mehr so ruhig wie noch vor Minuten. Der Mund stand offen, und wie im Zeitlupentempo öffneten sich auch die Augen.

Tony Hogan wurde wach und wurde es trotzdem nicht. Er befand sich in einem Zustand zwischen Wachsein und Traum. Er konnte auch nicht auf seine Gefühle hören, denn das normale Menschsein war schon etwas anderes. Der Mann richtete sich auf. Sehr steif. Jemand schien ihn an einem Band in die Höhe zu ziehen. Er blieb im Bett sitzen, tat nichts und behielt auch seine gerade Haltung bei. Ob er etwas sah oder erkannte, konnte man nicht feststellen. Hogan war nicht mehr er selbst. Eine andere Macht oder Kraft hielt ihn in ihren Klauen, und sie dirigierte ihn.

Bisher hatte er das erleuchtete Fenster noch nicht direkt angeschaut. Das änderte sich in den folgenden Sekunden. Nun galt seine Konzentration dem kaltgelben Viereck.

Auch in seinem Gesicht tat sich etwas. Die Mundwinkel verzogen sich zu einem Lächeln, die Augen öffneten sich weit, und jetzt strömte auch der Atem warm aus seinem Mund.

Mit der rechten Hand griff er nach dem Rand der Bettdecke und schlug sie zurück. An der anderen Seite des Bettes rutschte sie zu Boden, was Hogan nicht kümmerte.

Im Dunkeln stand er auf. Er dachte nicht daran, das Licht einzuschalten. Das des Mondes reichte ihm völlig, und so bewegte er sich in diesem schwachen Schein durch den kleinen Raum, den er sich als Schlaf- und Arbeitszimmer eingerichtet hatte.

Wer ihn sah, hätte ihn für einen normalen Menschen halten können, was er auch war. Nur hätte sich der Beobachter an den Bewegungen gestört. Sie wurden langsam vollzogen, aber durchaus zielsicher. Tony Hogan wußte genau, was er tat. In seiner sehr steifen Haltung und den Rücken durchgedrückt, ging er auf den schmalen Schrank zu, der neben seinem Schreibtisch stand.

Der rechte Arm zuckte nach vorn. Zwei Finger umfaßten den Schlüssel, und wenig später war die Tür offen.

Hogan trug eine kurze Hose, die bis zu den Oberschenkeln reichte. Er zog sie nicht aus, als er nach einem T-Shirt griff, es über den Kopf streifte, dann die Jeans aus dem Schrank holte, sie ebenfalls überzog und wenig später nach dem Pullover griff.

Er war dick gestrickt worden und besaß ein Zopfmuster. Hogan schlüpfte auch in seine Schuhe. Es waren Slipper mit dicken, geriffelten Gummisohlen.

Auch die Lederjacke zog er vom Bügel und zog sie an. Jede Bewegung wirkte wie einstudiert. Er kam auch in der Dunkelheit zurecht. An der Innenseite der Schranktür hing ein Spiegel. Beim Anziehen der Jacke drehte er sich so, daß sein Blick in den Spiegel fiel. Sehr schwach zeichnete sich dort sein Gesicht ab. Er nahm es zur Kenntnis, doch er reagierte nicht. Kein Streichen durch das Haar, kein Zurechtzupfen der Revers, er war voll und ganz mit sich zufrieden.

Tony Hogan befand sich in einem ungewöhnlichen Zustand. Er war nicht wach, er schlief auch nicht. Er war das, was man einen Schlafwandler nennt, und dazu tat der Mond sein übriges. Sein Schein leitete ihn. Er war für Tony wie ein Magnet. Deshalb blieb er auch nicht mehr länger vor seiner offenen Schranktür stehen, sondern drehte sich und schaute auf das mattgelbe Fenster-Viereck.

Langsam setzte er sich in Bewegung. Roboterhaft. Den Blick hatte er starr nach vorn gerichtet und schaffte es trotzdem, nicht über einen Gegenstand zu stolpern, der mitten im Weg lag. Es war ein würfelförmiges Sitzkissen aus Leder, auf dem noch seine Kleidung lag, die er am Abend ausgezogen hatte.

Mit einem weiten Schritt stieg er darüber hinweg und hatte die Hälfte der Strecke bis zum Fenster schon hinter sich gelassen.

Die restlichen Schritte schaffte er auch noch in sehr kurzer Zeit. Er blieb dicht vor der Scheibe stehen. Zum erstenmal seit dem Verlassen des Schrankes zeigte sich in seinem Gesicht eine Regung. Wieder verzog er die Lippen, und dieses Lächeln sah lockend und auch freudig aus.

Der Glanz des Mondes traf seine Augen und spiegelte sich darin wider. Sie waren plötzlich heller geworden. Normalerweise blickten die Pupillen dunkelbraun, passend zu seinen kurzgeschnittenen Haaren. Sekundenlang verharrte er in dieser Stellung. Den Blick durch das Fenster in die Nacht gerichtet und auf den vollen Kreis des Mondes konzentriert. Er wirkte wie aus dem Dunkel des Himmels geschält, als hätte dort jemand ein Loch hinterlassen.

Bei ihm traf die alte Regel der Schlafwandler zu. Der Mond war für ihn wie ein Magnet, und er füllte den einsamen Mann auch mit Sehnsucht aus.

Hogan holte tief Atem. Er würde etwas Bestimmtes tun, was er gedanklich jedoch nicht nachvollziehen konnte, da er von anderen Kräften übernommen worden war.

Ob er bei der nächsten Bewegung aus eigenem Antrieb handelte oder nicht, wußte er nicht zu sagen. Jedenfalls hob er seinen rechten Arm an, und wenig später umschlang seine Hand den Fenstergriff, den er nach links drehte. So war das Fenster offen.

Mit einem Ruck zog er es völlig auf. Kühle Winterluft schlug gegen sein Gesicht.

Es war für ihn wie ein Eisschauer, aber er erzeugte keine Gänsehaut, denn der Mann wurde von anderen Gefühlen durchweht.

Er beugte sich vor.

Das Fenster gehörte zu einer Dachgaube. Über dem vierten Stock des Hauses angebracht, schaute es zur Rückseite hin, wo ein leeres Gelände lag, so daß der unverbaute Blick bis weit in die dunkle Winternacht hineinreichte.

Über ihm stand ein Himmel, von dem viele Menschen träumen. Wolkenlos, sternenklar. Ein großer dunkler Staudamm mit zahlreichen Löchern, durch die Licht funkelte, aber nicht gegen den Schein des Mondes ankam.

Er beherrschte alles.

In dieser klaren Nacht schien er zum Greifen nahe zu sein und direkt über dem Fluß zu schweben, dessen welliges Wasser einen harten Glanz erhalten hatte.

Tony Hogan wartete etwa eine halbe Minute in seiner starren Haltung. Mitternacht war vorbei, und er wußte instinktiv, welche Zeit nun angebrochen war.

Er saugte den Schein des Mondes auf. Seinen Kopf hielt er schräg, um den grauen Winkel erreichen zu können. Wieder lag das Lächeln auf seinen Lippen, als er beide Hände gegen die Fensterbank stemmte. Es war der Beginn seines Verschwindens, denn mit einer kurzen, aber kräftigen Bewegung stemmte er sich in die Höhe.

Den Kopf mußte er einziehen, da das Fenster nicht hoch genug war. Das waren seine geringsten Probleme, und auch vor der Dachschräge fürchtete er sich nicht.

Geduckt blieb er sitzen. Noch ein letzter Blick hinauf zum Mond, dann war Hogan zufrieden.

Geschickt glitt er nach draußen und berührte das schräge Dach, auf dem er seinen linken Fuß sofort schräg stellte, um den nötigen Halt zu bekommen.

Dann schaute er nach rechts zum First hoch. Er lag nicht weit entfernt, und auch die Schräge war nicht zu steil. Geduckt überwand er sie. Vor seinem Mund quollen die hellen Atemwolken, als er sich auf dem First aufrichtete und wie der Kaminkehrer aus dem Musical Mary Poppins wirkte. Er wollte keinen Kamin säubern. Für ihn war das Dach der ideale Weg.

Tony schlief noch immer, obwohl er seine Augen geöffnet hatte. Er ging und bewegte sich dabei nicht wie ein normaler Mensch. Vorsichtig setzte er Schritt für Schritt auf dem schmalen Dachfirst. Um das Gleichgewicht zu halten, hielt er seine Arme zu den Seiten hin ausgestreckt. Kein einziges Mal rutschte er ab. Er bewegte sich so sicher wie ein Seiltänzer, der unter dem Schutz des Mondlichts stand.

Zeugen gab es keine. In dieser Nacht blieben die Menschen lieber in den Häusern. Es war zu kalt. Auch wenn viele auf Grund des Vollmonds nicht schlafen konnten, waren nur wenige unterwegs wie Tony Hogan, der jetzt den seitlichen Rand des Hauses erreicht hatte.

Vor ihm gähnte die Tiefe. Ein Mensch hätte den Fall zu Boden bestimmt nicht lebend überstanden, aber das Mondlicht reichte auch bis hierher, und so konnte der Mann den Anbau sehen, der gar nicht mal so weit entfernt unter ihm lag.

Der Hausbesitzer selbst hatte den Bau errichtet.

Dort hatte er sich eine kleine Werkstatt eingerichtet, in der er an seinen Motorrädern bastelte.

Hogan sprang noch nicht. Seine Fußspitzen reichten fast über die Kante hinweg, so dicht stand er am Rand des Daches. Nicht ein Zittern durchlief seinen Körper. Auch die Kälte machte ihm nichts aus. Nur traute er sich noch nicht, in die Tiefe zu springen, denn er wartete auf etwas. Geräusche waren kaum zu hören. Durch die kleine Straße fuhr um diese Zeit kein Wagen. Nur aus der Ferne hörte er ab und zu ein schwaches Geräusch.

Das andere war stärker, auch wenn es noch so leise klang. Aber Hogan hatte darauf gewartet, und deshalb war er sofort in der Lage, es aufzunehmen.

Ein unheimliches Heulen, wie es ein Mensch kaum hervorbringen kann. Es wehte durch die Nacht wie vom Wind getragen und schien nur für ihn zu gelten.

Tony Hogan lächelte jetzt. In seinen Augen verstärkte sich der Glanz. Er knickte in den Knien ein, beugte sich etwas nach vorn und stieß sich ab. Einen Moment später fiel er hinein ins Leere. Aus seinem Mund drang so etwas wie ein Jubelschrei. Er erlebte ein Gefühl, das einem alten Menschheitstraum glich.

Fliegen, nur fliegen ...

Die kurze Zeitspanne war für ihn etwas Wunderbares. Er schaute auch nicht zu Boden, sondern nur nach vorn, wo sich die Fassaden der anderen Häuser in der Dunkelheit abzeichneten.

Dann prallte er auf.

Es war ein sehr harter Schlag, der ihn erwischte. Er spürte ihn von den Füßen bis zum Kopf, und er war nicht in der Lage, sich auf dem Dach des Hauses zu halten. Er kippte nach vorn, überschlug sich dabei, aber er hatte sich nichts verstaucht und auch keinen

Knochen gebrochen. Nicht einmal der Fuß tat ihm weh. Seine Gebeine mußten sich in Gummi verwandelt haben.

Auf dem Bauch blieb er liegen. Mit dem Kinn berührte er das kalte Dach. Er öffnete den Mund, streckte die Zunge hervor und fühlte sich plötzlich so geschmeidig wie ein Tier. In ihm mußte etwas vorgegangen sein, das er sich noch nicht erklären konnte.

Nach einer Weile richtete sich Tony Hogan auf.

Es waren zwei Stockwerke, die er bei seinem Sprung überwunden hatte. Eigentlich ein Wahnsinn, so etwas ohne Verletzung zu überstehen, aber er war anders geworden. Eine fremde Kraft durchfloß ihn, und Hogan war dem Mond so dankbar, daß dieser ihm die Kraft geschickt hatte. Geduckt näherte er sich dem Rand des Flachdachs. Unter seinen Füßen zog sich eine dunkle Regenrinne entlang. Um den Hof zu erreichen, mußte er sie überspringen.

Noch ein letzter Blick nach unten. Hogan wollte keine Zeugen für seine Aktion haben. Dann hatte er sich entschlossen, sackte wieder leicht in den Knien ein und stieß sich ab.

Abermals flog er durch die Luft. Sein Körper war leicht gekrümmt, die Arme vorgestreckt, die Beine angewinkelt. Er sah das holprige Pflaster auf sich zukommen – und landete abermals auf allen vieren. Auch diesmal schleuderte ihn die Wucht nach vorn, und dann hatte er den Sprung ebenfalls überstanden.

Er richtete sich auf. In seiner Nähe lehnte ein altes und halbfertiges Motorrad an der Wand des Anbaus. Beide Räder fehlten. Der Besitzer würde daran noch basteln.

Der Hof war nur von einer Seite durch eine Hausfassade begrenzt. Sie lag direkt vor ihm. Nach rechts hin war der Weg frei. Er führte auf ein Feld, das früher mal ein Garten gewesen war. Dahinter lag dann eine schmale Straße, die in einer langen Kurve hinein in die Dunkelheit der Nacht führte.

Zielsicher und langsam bewegte sich Tony nach rechts. Er dachte daran, daß er das Heulen gehört hatte. Es war die Botschaft gewesen, und er würde sie nicht vergessen, denn dieser Laut war noch wichtiger gewesen als das kalte Licht des Mondes. Beides mußte zusammenpassen, nur dann konnte sich das Schicksal erfüllen.

In den folgenden Sekunden überkam ihn doch eine gewisse Unsicherheit. Er fühlte sich allein gelassen, auch wenn das helle Licht des Mondes auf die Erde schien. Das Haus stand am Rand des Ortes, der von einer düsteren Landschaft umgeben war.

Über seine Umgebung dachte Tony nicht nach. Er war zwar noch ein Mensch, doch er fühlte nicht so. Hogan wollte anders werden, den ersten Schritt hatte er getan, und wenn er überhaupt dachte, dann erschien vor seinem Gesicht die Gestalt einer wunderschönen Frau.

Sie war einmalig. Er hatte nie zuvor eine derartige Schönheit gesehen. Das sollte bei ihm schon etwas heißen, denn er war nie dem weiblichen Geschlecht abhold gewesen.

Er mußte und er würde sie wiedersehen. Etwas anderes kam für ihn nicht in Frage. Sie und der Mond waren seine besten Freunde. Und sie hatte ihm versprochen, daß sich in dieser Nacht etwas ändern würde. Dann schaffte er es, in ihren engeren Kreis aufgenommen zu werden, hatte sie ihm geheimnisvoll erklärt.

Noch war die Nacht nicht zu Ende. Das Treffen mit

der Schönen konnte in den nächsten Stunden erfolgen.

Kaum hatte er den Schutz der Mauern verlassen, spürte er den Wind, der über die freie Fläche gegen sein Gesicht wehte.

Es war keine Kälte, die ihn frieren ließ; sie gehörte einfach dazu. Sein gesamtes Sinnen und Trachten war nur darauf ausgerichtet, sich mit der Frau zu treffen, und er wußte auch, daß sie ihr Versprechen halten würde.

Tony ging weiter. Er war ein einsamer Wanderer in der Nacht. Noch bewegte er sich in der alten Welt, die er von seiner Geburt her kannte. Aber er würde sie bald verlassen, und das noch in dieser Nacht, denn auf das Versprechen der Schönen konnte er sich verlassen.

Jetzt war es ihm auch möglich, wieder seine eigenen Gedanken zu steuern. Er holte sich ihr Bild herbei. Es war wunderschön. Eine Frau, wie ein Mann sie sonst nur in seinen Träumen erlebt. Langes, rötlichbraunes Haar. Ein wunderschönes Gesicht mit großen, klaren Augen. Dazu ein herrlich geschwungener Mund, aus dem unzählige Lockungen dringen konnten, die einem Mann den Himmel auf Erden versprachen. Er war erfüllt von einer wahren Sehnsucht, die immer stärker in ihm hochtrieb. Der vorherige Zustand hatte sich zurückgezogen. Tony Hogan fühlte sich immer stärker wie ein normaler Mensch. Es war genau diese Freude, die ihn antrieb, schneller zu gehen.

Längst bewegte er sich über das Feld.

Und über allem wachte der Mond.

Sein Schein umschmeichelte Tony Hogan weiter, als er über das Feld auf die schmale Straße zuging.

Sie würde kommen. Sie hatte ihn nicht grundlos genau an diesen Ort bestellt.

Er blieb stehen und wartete. In seiner Haltung wirkte er wie ein Anhalter, der darauf hoffte, daß im Laufe der nächsten Zeit ein Fahrzeug vorbeikam, der Fahrer stoppte und ihn einsteigen ließ.

Hogan blickte wieder zum Himmel. Er brauchte seltsamerweise schon jetzt das Mondlicht. Genau dieser Fall war eingetreten, nachdem er mit der Schönen in Kontakt gekommen war. Sie hatte ihn umarmt, sie hatte ihn geküßt, und er war dabei wie in einen tiefen Strudel hineingerissen worden.

Hogan sah den Mond – und er sah noch mehr!

Zuerst wollte er es nicht glauben. Am Himmel konnte sich vieles abzeichnen, und auch Wolken schufen manchmal die skurrilsten Gebilde, aber nicht so etwas, das er jetzt sah.

Das war kein aus Wolken geschaffenes Gebilde. Dieser Schatten oder diese Figur mußte aus der dunklen Tiefe des Himmels gekommen sein und hatte sich vor den Mond geschoben. Es war ein Tier. Es war der mächtige Umriß eines sprungbereiten Wolfes ...

Es gibt Menschen, deren Leben darauf fixiert ist, den Augenblick zu genießen. Dazu gehörte Tony Hogan im Prinzip nicht. Alles kann sich ändern, nichts bleibt gleich, alles gerät in einen nie abreißenden Fluß, und so ähnlich fühlte er sich auch hier.

Vergessen war sein ungewöhnlicher Zustand der Schlafwandlerei. Hogan begann diesen Augenblick zu genießen, der andere Menschen erschreckt hätte. Er dachte an das ferne Heulen, das ihn wie Sirenenklang erreicht hatte. Die ferne Botschaft aus dem Unendlichen – vorhin noch. Aber nun zeichnete sich dort oben vor dem Mond der gewaltige Tierkörper ab und sorgte dafür, daß durch seinen Körper ein anderes Gefühl strömte. Er konnte es nicht beschreiben, wollte es auch nicht, er wollte einfach nur auf der Stelle stehen bleiben und es genießen.

Der mächtige Körper zeichnete sich ab, als wäre er an den Rändern mit dünnen Pinselstrichen gemalt worden. Der Mond sah nicht mehr so voll aus, weil der Wolf mit seiner Schnauze in den hellen Kreis hineinragte.

Wie viele Menschen wären schreiend davongelaufen und hätten sich versteckt. Nicht so der einsame Mann auf dem Feld. Er merkte genau, daß eine bestimmte Kraft von dieser Gestalt ausging. Sie war einfach wunderbar. Sie war allumfassend. Sie strömte auf ihn nieder. Sie erreichte ihn wie eine Botschaft, und er fühlte sich durch sie wie vom Erdboden angehoben, um gegen den dunklen Himmel zu schweben. Hogan wußte genau, daß es eine Verbindung zwischen dem Wolfschatten und ihm selbst gab, sonst hätte er ihm nicht diese Sympathie entgegenbringen können, und er hätte sich auch nicht so wohl gefühlt.

Seine Umgebung interessierte ihn nicht mehr. So wußte er nicht, ob es kalt oder warm war. Alles Normale war dahin geflossen und irgendwo versickert. Er hatte nur Augen für den mächtigen Wolfskörper. Er war dunkler als der Himmel und malte sich innerhalb des vollen Kreises gut mit seiner Schnauze ab, die halb offenstand und sich nicht bewegte.

Für Hogan war klar, daß er es hier mit einer Botschaft zu tun hatte. Jemand wollte ihm etwas mitteilen. Dabei mußte die Verbindung zwischen ihm und dem Schattenkörper geschaffen werden. Er hoffte. Er wartete. Er wollte wissen, was die andere Gestalt von ihm wollte. Obwohl sie sich nicht bewegte, glaubte er fest daran, daß sie am Leben war. Irgendwo im Hintergrund mußte das Tier lauern, das diesen Schatten gegen den Mond geworfen hatte.

Der Mond, der Wolf, der Mensch!

Drei völlig unterschiedliche Begriffe, die nichts miteinander zu tun hatten und bei denen es doch eine Gemeinsamkeit gab. Sie hatten sich zusammengefunden. Sie waren zueinander hingeführt worden, um zu einer Einheit zu verschmelzen.

Aus der Höhe herab floß etwas auf Hogan zu. Erklären konnte er es nicht, er nahm es einfach nur als gutes Gefühl hin, das ihn von Kopf bis Fuß durchdrang. Es war so leicht. Es sorgte dafür, daß andere Dinge verschwanden. Sie traten zurück und hielten sich im Hintergrund auf. Es gab für ihn keine Belastungen mehr. Die größte Kraft des Universums schien in ihn hineingeflossen zu sein. Transportiert von dieser mächtigen Gestalt am Himmel, die eine Brücke zwischen Mensch und Tier geschlagen hatte. Er zitterte nicht. Er stand ganz ruhig. Auch weiterhin wollte er die Botschaft empfangen, die einzig und allein ihm galt.

Allmählich wich die Starre aus seinem Gesicht. Der Mund verzog sich zu einem Lächeln. Er hatte das Gefühl, seine Augen würden mit der Kraft des Mondes gefüllt. Hinzu kam die Stärke des Wolfes, so daß er zu einer anderen Person wurde. Er riß die Arme hoch. Er streckte der Erscheinung die Hände entgegen, als wollte er sie vom Himmel ziehen, damit sie immer bei ihm blieb. Seine Augen leuchteten dabei, und darin hatte sich das gleiche Licht festgesetzt, das der Mond auch abstrahlte. Zugleich verschwand die

Ruhe. In seinem Körper machte sich etwas breit, das er nicht kannte. Er hielt es zunächst für Unruhe, aber das stimmte auch nicht. Es war etwas anderes. Etwas, das er nie erwartet hätte. Die fremde Macht füllte ihn aus. Sie überschattete sein Denken und Handeln. Er gab sich ihr einfach hin und schien wegzufließen, obwohl er nach wie vor auf der Stelle blieb.

Tony Hogan wurde von einer gewaltigen Sehnsucht erfüllt. Zuvor in all den Jahren hatte er so etwas noch nie erlebt. Jetzt, wo das neue Millenium begonnen hatte, war es über ihn gekommen, und er nahm es als einen Neuanfang hin.

Die Kraft blieb bei ihm. Sie erfüllte ihn mit einer großen Freude und mit noch etwas andrem, das ihm fremd, jedoch nicht unsympathisch war. Es steckte in ihm. Es war einfach so, als hätte er darauf lange gewartet, um nun endlich erlöst zu werden. Ein kleines Wunder hatte ihn erwischt, und für ihn schienen von überallher die Glocken zu läuten.

Hogan stand mit beiden Beinen auf dem Boden. Dennoch glaubte er, schweben zu können. Der Wolf war für ihn ein und alles. Seine Gedanken drehten sich um ihn, und jetzt, wo er sich auf ihn konzentriert hatte, merkte er, daß die Kraft des Mondes oder des Tieres auch ihn erreicht hatte.

Eine neue Welt hatte sich ihm geöffnet. Tore waren aufgestoßen worden. Äußerlich noch ein Mensch, dachte er trotzdem an andere Dinge, und er wußte auch, daß sich seine Zukunft verändern würde.

Dann zuckte der Schatten in die Höhe. Es war eine blitzschnelle Bewegung vom Mond weg und hinein in die Dunkelheit, die das Gebilde einfach verschluckte.

Nichts war mehr da, gar nichts. Kein Wolf, nur der Mond und die normale Dunkelheit. Schwarz wie

Tinte, ein riesiger See, ein großer Staudamm, der in die Unendlichkeit reichte. So fern und trotzdem so nah. Hogan wußte nicht mehr, wer er war. Er schwankte zwischen den einzelnen Zuständen. Er hätte von der Erde abheben können, und es wäre ihm kaum aufgefallen, weil er sich mit anderen Dingen beschäftigte, die ihn wie ein immer wiederkehrender Kreislauf durchliefen und auch in seiner Erinnerung hängenblieben.

Er war ein Mensch, dort oben aber hatte der Wolf gestanden. Und er hatte ihm etwas von sich mitgegeben. Hogan spürte es genau. Es ließ sich einfach nicht vertreiben. Er war ein anderer geworden.

Hogan hielt den Mund weit offen. Seine Zähne schimmerten hell. Er stieß den Atem hervor, der sich als Wölkchen vor seinen Lippen ausbreitete. Er spürte den Schlag des Herzens in seiner Brust, und jedes Klopfen war wie ein Hammerschlag. Auf seinem Rücken hatte sich eine Gänsehaut ausgebreitet. Sie stand in krassem Gegensatz zu seinen Gefühlen. Es gab keine Angst mehr in seinem Innern. Nicht einmal die Spur der Furcht. Hogan wußte, daß sein Erlebnis einmalig war und ihn auch für die Zukunft geprägt hatte. Sie würde anders aussehen, ganz anders.

In ihm steckte etwas Neues. Eine besondere Kraft. Sein Blut schien ausgetauscht worden zu sein, und er kam sich doppelt so stark vor wie sonst.

Genau dieses Gefühl konnte er nicht mehr für sich behalten. Es mußte raus. Und so warf er den Kopf zurück.

Er lachte. Er lachte den Mond an wie ein Hund ihn anheult. Er fühlte sich auf der Brücke zwischen Mensch und Tier stehend. Auf der einen Seite lauerte das Tier, auf der anderen wartete der Mensch, und bei ihm stand noch nicht fest, in welche Richtung er gehen mußte. Aber er wußte, daß er sich nicht mehr lange in diesem Zustand aufhalten würde. Es gab eine Veränderung, noch in dieser Nacht. Seine Gedanken waren so klar und so anders. Sie hatten sich geöffnet.

Um ihn herum lag die Stille der kalten Winternacht. Die Temperatur war wieder gesunken. Sie hatte längst die Frostgrenze erreicht. Dennoch fror er nicht. Er blieb auf der Stelle stehen und starrte hinaus in die Finsternis. Von dort würde die Veränderung kommen, das spürte er.

Und dann sah er das Licht!

Zwei tanzende Augen näherten sich von der linken Seite. Sie zuckten heftig auf und ab.

In der klaren Nacht waren sie weit zu sehen. Erst nach einer Weile hörte er die anderen Geräusche, die ihm so bekannt vorkamen. Es war das Brummen eines Motors und dazwischen das Rollen der Reifen auf der hartgefrorenen Erde.

Schaukelnd und tanzend näherte sich das Licht. Wie ein Augenpaar in der Nacht. Auch gelb. Intensiver fast als der Mond, aber trotzdem nicht mit seinem Licht zu vergleichen, weil den beiden Scheinwerfern die innere Kraft fehlte.

Um die beiden hellen Augen herum war alles dunkel. Ein schwarzes oder blaues Automobil, auch nicht so flach, sondern mit einem hohen Aufbau versehen. Dafür hatte es eine flache Kühlerschnauze, die farblich überging in die dunkel getönten Scheiben, so daß der Blick nach innen nicht möglich war.

Der Wagen fuhr langsamer. Erst als er fast an Tony Hogan vorbei war, wurde er gestoppt.

Tony war gespannt. Er wartete darauf, daß sich die beiden Türen vorn öffneten und jemand das Fahrzeug verließ. Als es nach einigen Sekunden nicht eingetreten war, wollte er schon hingehen, um die Tür zu öffnen.

Das klappte nicht.

Jemand kam ihm zuvor. Nur war es keine der vorderen Türen, die sich öffneten, sondern die an der Seite. Von innen her wurde die Tür an der Ladefläche aufgeschoben. Sehr heftig sogar. Tony zuckte unwillkürlich zurück.

Aus dem Innern hörte er eine weibliche Stimme.

»Steig ein, Tony . . .«

Hogan hatte den Befehl gehört, allein, ihm fehlte der Mut, es zu tun. Er merkte die Gänsehaut auf seinem Körper. Es war wie ein Sprung der Angst, die ihn erwischt hatte. Plötzlich schien sich sein Blut verdickt zu haben. Er kam sich schwerfällig vor, und an seinen Beinen schienen unsichtbare Gewichte zu hängen.

Und er wußte, daß er vor der Entscheidung seines Lebens stand. Wenn er jetzt nein sagte, würde er vielleicht wieder zurück in seinen normalen Zustand gleiten. Stimmte er jedoch zu, dann trat er in die neue Phase ein.

Genau das wollte er.

Bevor er einstieg, warf er noch einen Blick zum Himmel. Für ihn war der mächtige Umriß des Wolfes wie ein Retter erschienen, und er hoffte, vor dem entscheidenden Schritt noch einmal richtig Kraft schöpfen zu können.

Aber der Himmel war wie immer. Es gab den Schatten nicht mehr, und so ging er zögernd vor, um in den Transporter zu steigen, in dem eine Frau auf ihn wartete.

Sie sagte nichts mehr, aber er fühlte, daß er aus der Dunkelheit angeschaut wurde. Zwei geheimnisvolle Augen beobachteten jede seiner Bewegungen. Sie ließen ihn nicht aus der Kontrolle. Er bückte sich, um mit dem Kopf nicht gegen die Kante zu stoßen. Im Dunkeln sah er die Bewegung und rechts von ihm den Umriß.

Eine schmale, helle Hand erschien. Sie faßte ihn an und drückte ihn auf die andere Seite.

»Setz dich dorthin!«

»Ja.«

Hogan ging zurück. Er sah in der Dunkelheit nicht viel. Er nahm nur die Bewegung wahr, als sich die Person zur Seite beugte und dafür sorgte, daß die Tür wieder geschlossen wurde. Jetzt waren er und sie allein.

In den folgenden Sekunden geschah nichts. Die Fremde ließ Tony Zeit, sich an die Umgebung zu gewöhnen. Obwohl er in der tiefen Dunkelheit saß, hatte er nicht das Gefühl, sich in einem Gefängnis zu befinden. Es war alles anders, alles neu, aber er hätte nicht sagen können, daß er sich unwohl fühlte. Das hier gehörte zu seinem neuen Leben, und damit mußte er sich abfinden.

Nur die Dunkelheit gefiel ihm nicht. Er besaß nicht die Augen einer Katze, um sie durchdringen zu können. Sie hielt ihn einfach fest. Er hätte gern die Frau zu Gesicht bekommen, die ihn gerufen hatte, aber von ihr sah er nicht mehr als den Schatten eines Standbildes.

Warten ...

Er sah, wie sich die Frau bewegte. Es fiel ihm eher ihr Arm auf, den sie zur Seite streckte und den sie leicht angewinkelt hatte. Die Hand suchte nach einem bestimmten Gegenstand, den sie sehr schnell gefunden hatte.

Es wurde heller!

Kein grelles Licht, das ihn überrascht und geblendet hätte. Dieses hier war weicher und von einer grünlichen Farbe, die einen Schuß ins Gelbliche hatte. Man konnte es mehr als eine indirekte Beleuchtung bezeichnen, die zudem noch etwas tiefer gedimmt worden war.

Tony Hogan wußte, daß nicht nur er von diesem Schein angeleuchtet wurde, sondern auch die andere Person, die ihm gegenübersaß und sich nicht bewegte.

Ja, es war eine Frau!

Obwohl die Beleuchtung nicht optimal war, verschlug es ihm beim Anblick dieser Person die Sprache.

Ob ihr Haar braun oder rot war, konnte er nicht erkennen. Es wuchs als wilde Mähne um ihren Kopf herum und bildete den Rahmen für ein wunderbares Gesicht.

Die Frau mit dem vollen breiten Mund. Den hohen Wangenknochen, der glatten Stirn, der perfekt gewachsenen Nase und den alles beherrschenden Augen. Helle Augen. Pupillen, in denen sich eine grünliche Farbe abmalte. Augen, die eine gewisse Kälte abströmten und deren Blick zwingend und faszinierend zugleich war. Er konnte sich diesen Blicken nicht entziehen, die wie ein Magnet waren.

Tony war unfähig, ein Wort zu sagen. Er mußte einfach nur die Augen sehen, die für ihn größer und größer wurden, wie zwei Kreise, in die er hineingezogen werden sollte.

Die Unbekannte hatte noch kein Wort zu ihm gesagt. Trotzdem hätte er alles für sie getan. Sie war für ihn das fleischgewordene Schicksal. Er wußte überdeutlich, daß er ihr nie mehr in seinem Leben entkommen würde, und er fühlte sich plötzlich so klein wie nie zuvor.

All seine Macht war verschwunden. Hier kannte er nur eines. Gehorchen.

Tony Hogan wußte nicht, wieviel Zeit vergangen war, bevor die Unbekannte endlich das Wort ergriff. »Ich freue mich, daß du zu mir gefunden hast, Tony.«

Erst nach diesen Worten erwachte er aus der Erstarrung. Es war ihm, als würde eine Fessel gelöst. Einfach weggesprengt, und das normale Leben hatte ihn wieder. Jetzt nahm er auch seine Umgebung wahr und stellte fest, daß die Unbekannte ebenfalls auf einer schmalen Bank saß. Durch eine hohe Lehne war sie zu den vorderen Sitzen hin abgetrennt. Er sah noch, daß es einen Fahrer gab, aber er war im Moment für ihn unwichtig. Es zählte nur die Frau, deren Namen er noch immer nicht kannte.

Sie trug ein langes Kleid aus einem Stoff, der changierte. Es lag auch am Licht, das über ihn hinwegfloß. Er sah die Hände, die auf den Oberschenkeln lagen, und er bemerkte, daß die Finger recht lang für einen Menschen waren.

Die Frau schaute ihn nur an. Ihr Blick bohrte sich regelrecht in ihn hinein, und mit ihm passierte etwas Seltsames. Er hatte plötzlich das Gefühl, wieder draußen zu stehen, gegen den Mond zu schauen und dessen Kraft in sich aufzusaugen. Es war alles so gleich. Er konnte keine Unterschiede feststellen, obwohl sich die Umgebung völlig verändert hatte.

Der Mond, der Wolf, die Frau! Was hatten sie miteinander zu tun? Er wußte es nicht und mußte abwarten, bis man ihm eine Erklärung geben würde.

»Es ist gut, daß ich dich gefunden habe«, sagte die

Person mit leiser Stimme, die Tony zusammenzucken ließ. Die wenigen Worte hatten ausgereicht, um ihn spüren zu lassen, welch eine Faszination und Kraft von dieser Person ausging. Er fühlte sich wie jemand, über den ein Netz geworfen worden war, und glaubte, daß er diesem Netz nicht mehr entkommen konnte.

Sie war die Spinne, und er wollte, daß sie ihm mehr über sich erzählte. Als hätte sie seinen Wunsch genau verstanden, flüsterte sie:

»Ich heiße Morgana – Morgana Layton, und ich werde dein Schicksal sein, mein Freund . . .«

Hätte ihm das jemand vor einem Tag gesagt, er hätte ihn ausgelacht, so aber nickte er, und er meinte es ernst. In diesen Sekunden hatte er sich aufgegeben.

»Du bist der Mann, den ich gesucht habe. Du hast das Mondlicht genossen, mein Freund. Du hast die Kraft gespürt, und du hast auch seinen Schatten gesehen.«

»Ja!« gab er leise zu, ohne auch nur nach dem Namen des Wolfes zu fragen.

»Er und ich gehören zusammen«, erklärte ihm die Frau. »Wir beide bilden ein Paar, obwohl wir so weit getrennt sind. Aber ich bringe ihm die Ehrfurcht entgegen, die er verdient hat, denn er ist der Meister. Er ist Fenris, der Götterwolf!«

Tony hatte den Namen gehört. Er lachte nicht. Er dachte daran, mit welchem Ernst die Frau gesprochen hatte, und er merkte auch den kalten Strom, der ihn umklammert hielt.

»Was er will, führe ich durch«, erklärte Morgana mit leiser Stimme. »Er ist das Ziel. Ihm muß jeder gehorchen, der zu ihm und auch zu mir gehört. Verstehst du?«

Hogan nickte.

Morgana fuhr fort. »Jeder, der ihn gesehen hat, wünscht sich so zu werden wie er. Denk darüber nach. Schau in dich hinein. Möchtest du auch so sein?«

Tony Hogan überlegte. Er hätte jetzt die Chance gehabt, sich zu wehren. Er schaffte es nicht, obwohl ihm klar war, daß alles beendet war, wenn er jetzt zustimmte. Aber der Aufstand in seinem Innern war nicht groß genug.

»Antworte.«

»Ich ... ich ... will so werden wie er.«

»Das ist gut«, flüsterte sie. »Genau das habe ich von dir hören wollen.«

Mit einer geschmeidigen Bewegung glitt sie neben ihn. Hogan saß starr. Normalerweise hätte er anders reagiert, wenn ihm eine Frau so dicht auf den Körper rückte. In diesem Fall spürte er überdeutlich sein Unbehagen. Nicht er war es, der die Initiative übernahm. Er mußte genau tun, was sie wollte.

Morgana blieb nicht ruhig sitzen. Sie begann ihr Kleid aufzuknöpfen. Es hatte recht große Knöpfe, und sie ließ sich Zeit dabei.

Hogan wurde von dieser Aktion überrascht. Das Herz schlug schneller. Er kam sich vor wie in einem Film, dessen Finale zu einem erotischen Drama wurde.

Dabei traute er sich nicht, den Blick zu senken, um ihren Körper zu betrachten. Bei jeder anderen Frau hätte er das getan, nur nicht bei ihr.

Er wußte nicht, welches Verhalten richtig war. Ihn quälte der innerliche Zwiespalt. Wollte sie es mit ihm hier auf dem Sitz treiben, oder hatte sie etwas anderes vor?

Jedenfalls hatte sie den Kopf so gedreht, daß sie ihn

anschauen konnte. Er sah das breite Lächeln um ihren Mund herum und auch das Schimmern der Augen, deren Pupillen sich jetzt in leicht gefärbtes Eis verwandelt hatten.

Das Gesicht war weicher geworden. Morgana wußte, welche Reaktionen ihre Handlungen bei ihm auslösten. Sie raffte den Kleiderstoff in die Höhe, um bequem an den letzten Knopf zu kommen, damit nichts mehr das Finale störte.

Als sich die Frau noch weiter zu ihm hindrehte, rückte Hogan zurück. Er hatte sich jetzt so gut wie möglich in die Ecke gedrückt. Wie jemand, der Furcht empfand.

»Und nun darfst du mich sehen«, flüsterte sie. Es war wie in einem kitschigen Film, aber das spürte er nicht. Für ihn wirkte es anders. Er stand wieder einmal vor einer Wende in seinem Leben, wie von der Peitsche des Schicksals getrieben.

Morgana Layton faßte beide Hälften ihres Kleides an. Sie ließ den Stoff noch einmal locker durch ihre Finger gleiten – und riß mit einer plötzlichen Bewegung die beiden Seiten auseinander.

Tony Hogan konnte nicht vorbeischauen. Er schloß auch die Augen nicht. Er starrte hin. Er verglich das wunderbare Gesicht der Frau mit dem Körper.

Noch nie hatte er einen derartigen Gegensatz erlebt.

Er sah keine Haut, denn der Körper der Frau war vom Hals bis über die Hüften hinweg mit dunklem Fell bedeckt ...

Tony Hogan konnte und wollte es nicht glauben. Er saß da wie von Fesseln gehalten. Seine Lippen blieben zusammengepreßt. Das Bild war einfach zu schlimm, um es überhaupt aufnehmen zu können. Es war ein Tiefschlag. Er suchte nach einer Erklärung, und der Begriff die Schöne und das Biest kam ihm in den Sinn.

Aber so lief es nicht. Hier waren die Schöne und das Biest eine Person. Das wunderbare Gesicht, in dem sich die Klassik der Schönheit wiederfand, und dann der Körper. Ein Frauenkörper, der mit Fell bedeckt war und ihn deshalb ab Abbildungen erinnerte, wie er sie von Urmenschen kannte.

Die Beine waren wieder glatt oder nur mit dünnen Härchen bedeckt, die mehr Flaum glichen. Ansonsten wuchsen die Haare überall. Auf den Brüsten, auf dem Bauch, an den Schenkeln und auch auf den Schultern. Hier waren Tier und Mensch zusammengekommen, und seine Gedanken trieben wieder zurück bis zu der Szene auf dem Feld, als er dort gestanden und auf den Mond geschaut hatte.

Auch da hatte er ein Tier gesehen. Den Riesenwolf als gewaltigen Schatten. Als würde ihm der Himmel gehören. Da war er der große Herrscher gewesen.

Und jetzt sie.

Eine Frau. Eine schöne Frau. Ein wunderbares Gesicht mit ebenso wunderbaren klaren Augen, die ihn in Bann gezogen hatten. Er würde sich auch nie mehr von ihnen trennen können, das stand jedenfalls fest, aber diese Gedanken wurden vom Anblick des Körpers in eine andere Richtung gelenkt. Wenn er sich Sex mit ihr vorstellte, dann ... dann ...

Tony Hogan war kein Schwächling. Er konnte sich schon wehren. Das hatte er bisher immer getan. Nur gegen Menschen, nicht gegen Gestalten, von denen er nicht wußte, ob er es bei ihnen mit Menschen oder mit Monstern zu tun hatte.

Morgana schien seine Gedanken gelesen zu haben

und schüttelte den Kopf. »Du wirst von hier nicht verschwinden können, mein Freund. Auch wenn du es gern möchtest. Du bist empfänglich für die Kraft des Mondes. Sie hat dich geleitet, denn in dir wohnt ebenfalls die Bestie. Und deshalb gehörst du zu uns. Sieh aus dem Fenster, dann weißt du, was ich damit gemeint habe.«

Tony Hogan drehte den Kopf. Er mußte sich anstrengen, um etwas in der Umgebung außerhalb des Fahrzeugs zu erkennen.

Sehr plötzlich sah er die Gestalten. Sie schienen näher an den Wagen herangerückt zu sein, blieben jetzt stehen, bevor sie sich auf den Hinterläufen niederließen.

Hogan wollte es nicht glauben.

Er wehrte sich gegen diese Erkenntnis, aber es gab keinen Zweifel, nachdem er genauer hingeschaut hatte.

Das waren keine Füchse, wie er zuerst geglaubt hatte. Das vom Mondlicht beschienene graue Fell gehörte zu Wölfen, die aus der Dunkelheit der Nacht gekommen waren und den einsam parkenden Wagen bewachten.

Bei ihm riß ein Vorhang. Plötzlich wurde ihm klar, daß er es hier nicht mit normalen Wölfen zu tun hatte. Ebensowenig wie die Person an seiner Seite normal war. Was er dort draußen sah, das bewegte sich zwar auf vier Beinen, aber es waren keine Wölfe, wie man sie aus dem Zoo kannte.

Es waren andere.

Es waren Werwölfe!

Hogan verzog das Gesicht. Er hatte damit nie viel zu tun gehabt. Okay, er kannte zwei, drei Filme, die sich mit diesem Thema beschäftigten, aber in der Realität gab es diese Bestien nicht, die den Mond anheulten und Menschen bissen.

Gab es sie tatsächlich nicht? Saß nicht neben ihm eine Person, die nahezu prädestiniert dafür war? Allmählich mußte er zugeben, daß die Erzählungen über Werwölfe nicht nur Geschichten oder Legenden waren. Es gab sie auch im normalen Leben.

Morgana legte ihm eine Hand auf die Schulter. »Hast du sie gesehen?« fragte sie mit lauernd klingender Stimme. »Hast du die Wölfe erlebt?«

Die Hand kam ihm schwer wie Eisen vor. »Ja, ich habe sie erlebt. Ich habe sie gesehen.«

»Sind sie nicht wunderbar?«

»Wieso?«

Ein leises Lachen drang an seine Ohren. »Hast du nicht mitbekommen, wie kraftvoll sie sind? Was alles in ihnen steckt? Sie sind Wunder. Die Kraft des Wolfes ist stärker als die des Menschen, das muß ich dir sagen. Und ich will, daß du immer daran denkst. Merk es dir gut, denn es wird wichtig sein für dich.«

»Warum denn?«

Morgana Layton beließ es nicht mehr beim Auflegen der Hand. Sie zog den Mann jetzt herum, damit sie ihm ins Gesicht schauen konnte. »Es ist deshalb so wichtig für dich, weil du ebenso sein wirst wie sie. Angefüllt mit der gleichen Kraft. Mit dem Wissen um viele Dinge, die den Menschen fremd sind. Ich habe dich beobachtet, Tony. Ich habe alles von dir gesehen, und ich weiß jetzt, daß ich mir den richtigen Helfer ausgesucht habe.«

»He... Helfer?«

»Ja.«

»Was soll ich tun?«

Sie gab ihm eine besondere Antwort. Erst ein kurzes

Lächeln, dann rückte sie näher an ihn heran, und er spürte ihre Hände an beiden Schultern. Auch wenn er sich gegen den Druck gestemmt hätte, er hätte es nicht geschafft, ihrer Klammer zu entkommen, denn sie zog ihn an sich heran, und dagegen konnte er sich nicht wehren.

Der Fahrer drehte sich nicht um. Er würde keine Hilfe sein. Tony war auf sich allein gestellt, und er sah, wie Morgana Layton ihren Mund weit öffnete.

Dieser für ihn so schöne Mund, der plötzlich zu einem regelrechten Maul geworden war.

Er hätte nie gedacht, daß jemand einen so großen Mund haben konnte. Er war offen, und in seinem Innern bewegte sich etwas Dickes hin und her.

Es mußte eine Zunge sein, denn jeder Mensch besitzt eine Zunge. Diese hier war jedoch anders. Sie tanzte plötzlich zwischen den Zähnen der Frau hin und her, und diese Zähne sahen auch nicht aus wie die eines Menschen.

Zugleich hatte sich das Gesicht verändert. Es war spitzer geworden. Es gab den Mund nicht mehr, es war jetzt eine Schnauze vorhanden, aus der heißer Atem in das Gesicht des Mannes strömte.

Urplötzlich war die Angst verschwunden. Nicht mehr da, wie weggewischt. Hogan stand jetzt auf der anderen Seite. In ihm steckte eine gewaltige und fremde Kraft. Sie sagte ihm, daß er in die andere Phase seines Daseins eintreten würde.

Dann preßte sich etwas Feuchtes, Warmes gegen seinen Hals, glitt daran entlang, und eine Hand mit langen Fingern zerrte den Stoff des Pullovers nach unten. Sie zerstörte ihn, so daß ein Teil seiner Brust ebenso frei lag wie die Schultern.

Harte Zähne bissen hinein.

Der erste Schmerz war kurz und stechend. Er verschwand nicht, er veränderte sich nur und wurde zu einem wunderbaren Gefühl, das Tony Hogan einfach hinwegschwemmte.

Am Ende stand seine neue, unbegreifliche Existenz ...

Der Mann neben mir auf dem Hochsitz hieß Winston Taylor. Er war etwa zehn Jahre älter als ich, arbeitete im Versicherungswesen an exponierter Stelle und war zugleich ein glühender Verehrer der Jagd, was mir persönlich nicht paßte, denn ich mochte diese sogenannten Traditionsjagden nicht.

Aber man kann sich die Dinge des Lebens eben nicht aussuchen. Hin und wieder gibt es Situationen, da ist man gezwungen, mit den Wölfen zu heulen.

Hier ging es im Prinzip auch um eine Jagd, und jemand wie Taylor hatte genügend Beziehungen zur Polizei, um sich Hilfe holen zu können. In diesem Fall waren Suko und ich das, ganz offiziell von unserem Chef, Sir James, beauftragt.

Ich hockte neben Taylor auf dem engen Hochsitz. Der Mann drehte sich zu mir um. Da verschwamm sein hartes Profil, und ich schaute in sein Gesicht mit dem hellen Oberlippenbart, der hinter einer Flasche verschwand, die mit besten Whisky gefüllt war. Die Flasche bestand aus Silber, und Taylor hatte den Verschluß bereits abgedreht, so daß mir der Duft des Getränks in die Nase stieg.

»Trinken Sie, Mr. Sinclair, das tut Ihnen gut. Ist ein sehr edler Stoff.« Er lächelte dabei.

»Nein, danke, nicht jetzt.«

Aus dem Lächeln wurde ein Lachen.

»Sagen Sie nur nicht, Sie sind immer im Dienst.«

»So ähnlich.«

»Antialkoholiker?«

Auch wenn er nicht lockerließ, ich schüttelte den Kopf. »Das hat damit nichts zu tun. Alles zu seiner Zeit, Mr. Taylor.«

»Dann eben nicht.« Er trank, und ich hörte den Stoff aus der Flasche gluckern.

Es war ja nicht so, daß ich gegen einen Schluck gewesen wäre, aber ich wollte einfach nicht mit Taylor trinken. Wir lagen nicht auf einer Wellenlänge. Das hatte ich gespürt. Ob es ihm aufgefallen war, wußte ich nicht. Es war mir letztendlich auch egal. Es ging um etwas anderes. Zum Vergnügen schlug ich mir nicht die Nacht um die Ohren, und Suko erging es ebenso.

Es waren Wölfe gesehen worden. Und dies in den Wäldern östlich von London. Das wäre noch kein Grund für uns gewesen, einzugreifen, aber es mußten besondere Wölfe sein, denn ihr Heulen paßte nicht zu dem der normalen Tiere. Es hatte sich ganz anders angehört, wie ich von einer Bandaufnahme her wußte. Und so war ein gewisser Werwolf-Verdacht entstanden, der noch durch den Tod eines Jägers verdichtet wurde. Bevor der Mann starb, hatte er noch reden können und erzählt, was ihm begegnet war.

Er hatte von einem pelzigen Monstrum gesprochen. Von einem Wesen zwischen Mensch und Tier, das man sich nicht ausdenken konnte. Und ein Mann, der auf dem Sterbebett lag, log nicht mehr. Der sagte nichts anderes als die Wahrheit. So hatte sich der Verdacht verhärtet. Zusätzlich war der Tote ein guter Bekannter des Winston Taylor gewesen, und der wiederum kannte Sir James.

Der Schritt bis zu uns war nicht mehr weit, aber einen Werwolf hatten wir bisher noch nicht zu Gesicht bekommen. Zu diesem wir zählte ich auch Suko, der sich an einer anderen Stelle aufhielt, nicht auf einem Hochsitz, sondern im Rover, und ebenfalls beobachtete. Sollte er etwas sehen, würde er mir über ein Sprechfunkgerät Bescheid geben. Im umgekehrten Fall verhielt es sich ebenso. Bisher hatten wir beide Pech gehabt.

Zu unserer Ausrüstung gehörten auch Nachtsichtgläser. Meines hielt ich in bestimmten Abständen gegen die Augen und suchte die vor mir liegende Umgebung ab.

Hochsitze stehen immer günstig für Beobachter. Auch dieser hier stand im Schutz der Bäume, wobei die Sicht nach vorn hin frei war, denn dort breitete sich eine Lichtung aus. Sie wirkte auf mich künstlich geschlagen. Da hatte der Wald einfach ein Loch bekommen, als wäre ein kleiner Meteorit eingeschlagen, der einen Kahlschlag im Wald hinterlassen hatte.

Von Taylor wußte ich, daß die Lichtung Tiere wie ein Magnet anzog. Jedenfalls kannte er sich als Jäger aus. Dort hatten sie schon manches Wild erwischt.

Zu dieser Zeit war sie leer. Nicht einmal ein Hase hoppelte durch das winterliche Gras, von einem Reh oder Fuchs ganz zu schweigen. Der Tag war schon recht kalt gewesen, und die Nacht war es noch mehr. Vor unseren Lippen dampfte der Atem, und auch über die Lichtung hinweg wehte der Dunst wie eine dünne Fahne. Es war zum Glück kein dichter Nebel. So wurde unsere Sicht nur wenig beeinträchtigt.

Winston Taylor hatte die Flasche wieder weggesteckt und sprach mich leise an. »Ich kann Ihnen nicht garantieren, Mr. Sinclair, daß wir den Wolf sehen, aber ich bin davon überzeugt, daß es ihn gibt. Und ich habe auch Ihren Chef überzeugen können.«

»Ja, das weiß ich.«

Er räusperte sich und zog die Nase hoch. »Hört sich nicht eben begeistert an, was Sie da sagten.«

»Stimmt. Ich hätte mir auch einen besseren Platz für die Nacht vorstellen können, wenn ich ehrlich bin. Aber Job ist Job, und Schnaps ist Schnaps. So muß man das sehen.«

»Gut. Es ist auch die erste Nacht und ...«

»Meinen Sie, es werden noch weitere folgen?«

»Klar. Auf drei Nächte habe ich mich mindestens eingestellt.«

Seine Sicherheit ärgerte mich etwas. Drei Nächte hier auf dem Hochsitz hocken, das war etwas, das mir überhaupt nicht paßte. Sollte es die Werwölfe tatsächlich geben, dann hoffte ich, sie in den folgenden Stunden sehen zu können.

Ich schaute wieder durch das Glas. Keine Veränderung auf der Lichtung. Auch keine dort, wo die Bäume standen und den recht dichten Ring bildeten. Im Sommer, wenn sie ihr Laub trugen, war die Wand noch undurchdringlicher. Jetzt ließ es sich noch ertragen, aber Dunst und Dunkelheit erschwerten die Sicht schon, und Bewegungen in dieser Schattenwelt würde ich auch mit Hilfe des Glases kaum sehen. Erst wenn sich jemand auf der Lichtung zeigte, sah es anders aus.

Die Welt hatte sich für mich verändert, wenn ich sie durch das Glas sah. Sie wirkte unwirklich, wie ein parallel daneben existierendes Gespensterreich. Die Temperaturen lagen an der Frostgrenze, und auf den Straßen und Wegen würde es glatt werden.

Der Hochsitz war für zwei Leute relativ eng. Ich

konnte auch meine Beine nicht ausstrecken. Sehr bald schon trafen sie die Holzwand an der Vorderseite. Ein Dach schützte uns vor Schnee und Regen. Beides war in den letzten Stunden nicht gefallen.

Ich ließ das Glas wieder sinken und wandte mich an Winston Taylor. »Macht Ihnen das Spaß?«

»Wie? Was meinen Sie?«

»Die Zeit hier auf dem Hochsitz zu verbringen?«

Er zuckte mit den Schultern. »Gute Frage, Mr. Sinclair. Nein, es macht mir keinen Spaß. Zumindest nicht bei diesem Wetter. Im Sommer ist das etwas anderes. Da kann man schon mal eine Nacht verbringen, ohne daß es einem kalt oder langweilig wird. Wer Jäger ist, der nimmt auch die Nächte in Kauf. Es ist ein Hobby. Wie Golf oder Tennis.«

»Dazu muß man wohl geboren sein.«

»Sie mögen uns Jäger nicht?«

»Nicht besonders. Ich gebe zu, daß es Jäger geben muß. Auch zur Hege und zur Pflege. Aber das Töten der Tiere aus reiner Lust und dies oft als Geschäftstermin zu deklarieren, ist nicht mein Bier. Da lebe ich wohl etwas außerhalb der Realität.«

»In der Tat.«

»Aber Wölfe haben Sie persönlich hier nicht erlebt, denke ich mal.«

»Nein.«

»Auch keine Hinweise gefunden? Spuren oder so weiter?«

»Auch das nicht, Mr. Sinclair. Wir haben uns auf die Aussagen des leider zu früh verstorbenen Jagdfreundes verlassen. Uns sind nur die ungewöhnlichen Laute aufgefallen. Das war auch kein richtiges Heulen der Wölfe, wie man mir sagte. Da haben wir schon einige Experten befragt.« Er zuckte die Achseln. »Ich weiß ja, welchem Job Sie nachgehen, Mr. Sinclair. So richtig nachvollziehen kann ich es nicht. Aber davon mal abgesehen, an Werwölfe kann ich noch immer nicht glauben, obwohl ich den Fall ja ins Rollen gebracht habe. Und das nur aufgrund der Aussage meines verstorbenen Freundes. Der hat das Wort Werwolf in den Mund genommen. Er war völlig von der Rolle. Die verdammte Erscheinung muß ihn wahnsinnig erschreckt haben.« Er räusperte sich. »Mal abgesehen davon, Mr. Sinclair, was sagen Sie denn dazu?«

»Wie meinen Sie das?«

»Sie in Ihrem Job, Sie müßten doch schon des öfteren mit diesen Bestien zu tun gehabt haben.«

»Stimmt.«

»Toll. Und wie kommen Sie damit zurecht?«

»Man kann sich daran gewöhnen, obwohl es mir schwerfällt. Aber ich akzeptiere es. Zudem weiß ich mehr über sie. Sie haben sich organisiert. Es gibt regelrechte Hierarchien bei ihnen. Da unterscheiden sie sich kaum von den Menschen.

Taylor starrte mich an wie jemand, den er für beschränkt hielt. »Das ist doch nicht wahr – oder?«

»Glauben Sie, was Sie wollen.«

Er lachte und schlug sich auf die Schenkel. »Verdammt, man lernt eben nie aus.«

»Das nicht. Vielleicht können Sie mal eine Police erschaffen, die Menschen gegen Vampire und Werwölfe versichert.«

»Ha, Vampire auch noch.«

»Sie und die Wölfe haben einiges gemeinsam. Aber das ist wohl nicht unser Thema.« Ich wollte wieder zum Fernglas greifen, als sich das flache Gerät in meiner Tasche meldete.

Das konnte nur Suko sein, und er war es auch. Seine

leise Stimme klang ziemlich klar. »Wie sieht es bei euch auf dem Hochsitz aus?«

»Bisher haben wir nichts gesehen.«

»Dann gebt mal acht.«

»Wieso?«

»Ich meine, sie gesehen zu haben.«

Wenn Suko das sagte, konnte ich mich darauf verlassen. »Bist du dir sicher?« fragte ich trotzdem.

»Sagen wir so, John. Ich weiß nicht, ob es Werwölfe gewesen sind. Aber ich habe Tiere gesehen, und sie kamen mir größer vor als Füchse.«

»Wo liefen sie hin?«

»Zum Wald.«

»Also zu uns?«

»Ja.«

»Wie viele waren es?«

»Ist schlecht zu sagen. Drei habe ich gesehen. Da bin ich mir ziemlich sicher.«

»Bravo«, erwiderte ich leise. »Wozu hast du dich entschlossen?«

»Noch zu gar nichts. Ich wollte erst mit dir reden. Wenn ich hier im Wagen bleibe, komme ich mir ziemlich überflüssig und abgestellt vor. Außerdem ist das Wetter ideal für die Werwölfe. Schau zum Himmel, dann siehst du den Mond.«

»Angeheult haben sie ihn nicht?«

»Nein.« Er holte hörbar Luft. »Ich denke, daß ich jetzt den Wagen verlasse und mich an die Verfolgung mache. Ich weiß ja, in welche Richtung sie gelaufen sind. Wenn mich nicht alles täuscht, werden sie bald eure Lichtung erreicht haben.«

»Okay, dann erwarten wir sie.«

»Wir melden uns, John.«

»Gut.«

Winston Taylor saß einfach zu dicht neben mir. Er hatte zuhören müssen. Als ich das Gerät wegsteckte, drehte er den Kopf und starrte mich an. Seine Augen waren groß geworden. Ich glaubte nicht, daß Angst darin lag, aber schon ein gewisses Mißtrauen. Zudem hatte er die Stirn gekraust.

»Sie sagen ja nichts, Mr. Taylor.«

»Tja, ich bin . . . na ja, ich bin überrascht. Ihr Kollege sprach von mehreren Tieren.«

»Richtig.«

Taylor schlug gegen den Gewehrlauf. Er hatte die Waffe neben sich gestellt und gegen die Brüstung gekippt. »Ich will mich nicht loben, aber ich bin ein recht guter Schütze. Das Gewehr ist mit einer Zieloptik für die Dunkelheit ausgerichtet. Da denke ich schon, daß ich den einen oder anderen Wolf abknipsen kann.«

»Ihr Gewehr ist geladen?«

»Klar. Welch eine Frage.«

»Ich habe sie nicht grundlos gestellt. Werwölfe kann man nur mit geweihten Silberkugeln töten.«

Er starrte mich an, und sein Mund blieb dabei offen. »Ja, davon habe ich gehört.«

»Es stimmt auch.«

»Sorry.« Er schlug gegen seine kalte Stirn. »Ich komme mir noch immer etwas vor wie im Film. Na ja, ist egal. In diesem Fall hier sind Sie der Fachmann.« Er schaute hinab auf die Lichtung. Wenn Ihr Kollege recht hat, dann müßten die Wölfe hier in den nächsten zwei Minuten erscheinen, denke ich mal. Vorausgesetzt, sie haben keinen Umweg gemacht, aber das glaube ich nicht.«

»Warten wir es ab.« Um besser sehen zu können, hob ich wieder mein Fernglas an. Ich konnte um einiges besser sehen, dafür sorgte der Restlichtverstärker, und wieder nahm ich die Umgebung als geisterhaftes Gebilde wahr. Das Gras, das Unterholz und die Baumstämme schienen mit einer silbrigen Schicht bestrichen worden zu sein. Alles lag da in absoluter Ruhe. Nichts bewegte sich.

Der Wald schwieg. Die Lichtung tat es ebenfalls, und wir warteten auf das Auftauchen der Wölfe, was sicherlich auch nicht lautlos über die Bühne gehen würde. Sie waren keine Geister, die als feinstoffliche Wesen durch den Wald glitten.

Auch Taylor schaute durch sein Glas. Er hatte bisher recht still neben mir gesessen, was sich nun änderte. Unruhig rutschte er auf dem Hochsitz hin und her. Er spähte über die Lichtung hinweg, seine Lippen bewegten sich, doch er sprach so leise, daß ich kein einziges Wort verstand. Abgesehen von einigen gezischten Flüchen, die wahrscheinlich den Werwölfen galten, die sich noch immer nicht blicken ließen.

Wir sahen sie nicht, aber wir hörten etwas. Auf Grund der Stille waren selbst leise Geräusche gut zu vernehmen. Vor uns, am Rand der Lichtung klangen die Geräusche auf. Da war ein Knacken zu hören, das über den Rasen hinwegwehte. Dazwischen ein leises Rascheln, und ich richtete das Glas so, daß ich auf das Unterholz sehen konnte.

Dort sah ich auch die erste Bewegung!

Das Zittern der dünnen Zweige war sicherlich nicht durch den Wind verursacht worden. Vom Wald her waren sie berührt worden, und ich sah plötzlich etwas Kompaktes dazwischen erscheinen, das sich noch bewegte, dann aber still stand.

Neben mir fluchte Taylor leise. Danach lachte er. »Ja, verdammt, das sind sie, Sinclair. Ich ... ich ...

habe sie gesehen. Zwei sogar.« Es war gut möglich, denn er schaute in eine andere Richtung. »Und Füchse sind das nicht. Da kenne ich mich aus. Ich glaube, wir haben sie.«

»Abwarten und bleiben Sie ruhig.«

»Das sagt sich so leicht.«

»Ruhe!« zischte ich. »In der Stille kann man uns verdammt weit hören.«

Er hielt tatsächlich den Mund. In den folgenden Sekunden konzentrierten wir uns auf den Waldrand, wo sich wieder alles beruhigt hatte. Man durfte nicht annehmen, daß die Tiere dumm waren.

Sie wußten, daß sie auf der Lichtung ohne Deckung waren und warteten zunächst ab, um die Lage zu sondieren.

Ich sah den Wolf nicht mehr. Wahrscheinlich hatte er sich geduckt und eine gute Deckung gefunden.

Und dann tauchte er wieder auf.

Sein Körper schob sich vor. Er glitt durch das Unterholz. Diesmal hatte er sich tief geduckt. Ich behielt ihn im Blick, und er war auch der erste, der vorsichtig auf die Lichtung trat.

Er wirkte angespannt. Ich sah ihm an, daß er nach der Gefahr suchte. Ob er uns schon bemerkt hatte, wußte ich nicht, aber er war von Natur aus mißtrauisch. Ich konnte mir auch vorstellen, daß wir es hier mit einem Leitwolf zu tun hatten, der zunächst die Umgebung sondierte. Erst wenn er keine Gefahr gewittert hatte, würden die anderen kommen.

Diese Gedanken waren zwar gut und schön, trotzdem traute ich ihm nicht. Wir waren nicht zu weit von ihm entfernt. Er mußte uns einfach wittern.

In den folgenden Sekunden wies ebenfalls nichts darauf hin. Er blieb stehen, hatte den Kopf leicht erhoben und schwenkte ihn einige Male nach rechts und nach links.

Neben mir griff Taylor vorsichtig nach seinem Gewehr. Mir gefiel das nicht. »Nicht schießen!« flüsterte ich.

»Nein, keine Sorge, aber ...«

Die Vorgänge verschlugen ihm die Sprache, denn jetzt waren auch die anderen Wölfe aufgetaucht. Sie hatten das dichte Unterholz verlassen und schoben sich mit behutsamen Schritten auf die Lichtung. Nichts, auch gar nichts war zu hören, als sie die Füße aufsetzten. Nur das Gras bewegte sich leicht hin und her, als sie über die freie Fläche gingen und dabei auf den Hochsitz zukamen.

Ob sie es bewußt taten oder ob es ein Zufall war, das konnten wir uns aussuchen. Jedenfalls hatten vier Wölfe den schützenden Wald verlassen.

Ich hatte das Fernglas längst wieder sinken lassen. Es hing jetzt vor meiner Brust, und am Nacken spürte ich den leichten Druck des Lederriemens. Äußerlich war ich ruhig. Innerlich nervös. Zudem versuchte ich herauszufinden, mit welchen Wölfen ich es hier zu tun hatte.

Waren es normale Tiere oder Werwölfe?

Auch das Erscheinen normaler Wölfe wäre in dieser Gegend schon mehr als ungewöhnlich gewesen. Aber es konnte sein, daß sie so etwas wie eine Vorhut für die anderen bildeten und erst das Terrain sondierten.

Sie blieben zwar zusammen, aber zwischen ihnen bestand ein recht großer Abstand. Wie dirigiert bewegten sie sich nur in eine Richtung. Ihr Ziel war der Hochsitz.

Rechts neben mir drehte Taylor wieder den Kopf. Ich roch seinen Whiskyatem. Als ich nicht reagierte, verschluckte er seine Frage wieder und verhielt sich weiterhin still.

Die vier Wölfe setzten ihren Weg fort. Auch ohne Fernglas waren sie jetzt deutlicher zu sehen. Der Mond stand so herrlich rund und kalt am glatten Himmel. Sein Licht schien nur auf den freien Platz hier im Wald konzentriert zu sein, so daß er auf mich wie eine Bühne wirkte.

Die Wölfe gaben nicht zu erkennen, ob sie uns gesehen hatten oder nicht. Sie hielten die Köpfe meistens gesenkt und ließen ihre Schnauzen durch das Gras schleifen. Aber es gab keinen Zweifel daran, wohin sie wollten, und bei Winston Taylor nahm die Unruhe zu. Er gab sie nicht durch Worte bekannt. Nur seine Bewegungen verrieten mir, wie nervös er war.

Auch wenn die Wölfe es gewollt hätten, es wäre ihnen unmöglich gewesen, in die Höhe zu schauen. Sie hätten uns nicht gesehen. Wenn sie an uns herankommen wollten, mußten sie die Leiter hochklettern, die zum eigentlichen Sitz führte.

Graue Schatten im Mondlicht, die über das Gras hinwegglitten wie durch ein Meer. Sie bewegten ihre Köpfe. Sie schauten mal hoch, dann wieder nach unten. Sie drehten den Kopf nach rechts, dann nach links, aber sie heulten nicht.

Es gab auch den Leitwolf. Er setzte sich von den anderen dreien ab und lief jetzt schneller. Es dauerte nur Sekunden, dann hatte er den Fuß der Hochsitzleiter erreicht. Dort blieb er hocken und legte den Kopf zurück, um an den Sprossen in die Höhe schauen zu können.

Als das geschah, drückte sich Taylor zurück. Sein Gesicht wirkte plötzlich wie eingefroren, denn in diesen Augenblicken hatte ihn der Mut verlassen.

Ich sprach ebenfalls nicht. Schielte aber über die Brüstung des Sitzes hinweg in die Tiefe und stellte fest, daß auch die drei anderen Wölfe jetzt auf dem Boden hockten.

Alle vier taten nichts. Sie blieben sitzen und schauten empor. In dieser Haltung erinnerten sie mich an Wächter. Sie knurrten nicht, wir hörten auch kein Heulen oder hartes Schnauben. Wie Denkmäler hockten sie im Gras.

Winston Taylor konnte nicht mehr länger schweigen. »Und was ist jetzt?« fragte er angespannt.

Ich hob die Schultern.

Das gefiel ihm erst recht nicht. »Verdammt noch mal, wir können doch hier nicht hocken bleiben und so tun, als wäre nichts geschehen! Das ist verrückt. Deshalb sind wir nicht hergekommen.« Er hatte sein Gewehr angefaßt. »Ob Sie es wollen oder nicht, Sinclair, ich werde ihnen meine Kugeln auf den Pelz brennen.«

»Und dann?« fragte ich.

»Haben wir zumindest den Weg frei. Sie werden sehen, wenn einer kaputt ist, hauen die anderen ab. Da können wir sie jagen.«

»Nein, Taylor!«

Ich hatte zischend, aber durchaus hart gesprochen, und er schaute mich aus großen Augen an. »Was wollen Sie denn, verflucht? Wollen Sie sich von denen zerreißen lassen wie es mit meinem Kollegen geschehen ist? Möchten Sie das?«

»Bestimmt nicht. Aber wir müssen da einen anderen Weg gehen. Nicht wir greifen an, wir müssen herausfinden, was sie vorhaben, und wir müssen wissen, ob sie normale Wölfe sind oder zur Kategorie der Werwölfe gehören.«

»Ach. Wie wollen Sie das denn schaffen?«

»Warten Sie es ab.«

Taylor schwieg. Es gefiel ihm nicht, aber er konnte nichts machen und hinderte mich auch nicht daran, als ich mich erhob, um einen besseren Blick über die Brüstung hinweg in die Tiefe zu bekommen.

Die vier Tiere hockten vor der Leiter.

Das Mondlicht reichte aus, um ihre Körper leicht silbrig anzustreichen. Sogar die gelben Augen konnte ich erkennen. Es brachte nichts ein, wenn wir uns versteckten. Die Wölfe wußten sehr gut, wo sie uns finden konnten.

Bisher war es sehr still gewesen. Mehr als doppelt und dreifach hörte sich plötzlich das Geräusch an, das zu uns hochwehte.

Es war das unheimliche Heulen der Wölfe ...

Den Rover hatte Suko ein Stück in den Wald hineingefahren. Natur war dabei nicht zerstört worden, denn er war über einen Waldweg gefahren, den auch die Holzfäller und Waldarbeiter benutzten, um ihrer Arbeit nachzugehen.

Er hatte neben einem kargen Busch geparkt und den Rover gedreht, so daß die Kühlerschnauze nach vorn wies.

Es war für ihn langweilig gewesen, immer nur im Auto hocken zu bleiben. Deshalb war er ausgestiegen und hatte sich die Beine vertreten. Doch nicht nur aus diesem Grund. Er wollte auch feststellen, ob sich jemand in seiner Umgebung aufhielt.

Sich die Nacht um die Ohren zu schlagen, war nicht sein Traum, aber hier ging es um einen Job. Es stand noch nicht fest, ob tatsächlich Werwölfe unterwegs waren. Wenn es zutraf, mußte alles eingesetzt werden, um sie zu finden.

Er entfernte sich nicht zu weit vom Fahrzeug. Er schaltete auch keine Lampe ein und wurde selbst zu einem schattigen Teil des Waldes. Niemand war zu sehen. Ihm lief kein Tier über den Weg und erst recht kein Mensch. Die Stille umgab ihn wie ein kaltes Gespinst.

Wenn jemand in den Wald hineinwollte, war dieser Weg der beste. Das galt für Menschen. Ob dies auch auf Wölfe zutraf, wußte er nicht. Die fanden sicherlich andere Wege, um sich einem Ziel zu nähern.

Er wartete.

Die Natur schwieg.

Kein fremder Laut. Kein Windhauch. Kein Blatt, das seinen Weg raschelnd über den Boden fand. Nur der leichte Dunst, der sich vorbewegte, als würde er geschoben.

Wieder verstrichen Minuten. Die Kälte drang allmählich durch Sukos Kleidung.

Er wartete weiter.

Plötzlich ging alles sehr schnell, ohne Vorwarnung. In seiner Nähe, aber nicht sichtbar vernahm Suko Geräusche. Jemand lief durch den Wald und tat dies mit regelmäßigen Schritten. Der oder das Unbekannte nahm keine Rücksicht auf irgendwelche Hindernisse. Suko hörte das Schaben, das Knirschen von kleinen Zweigen, das geheimnisvolle Rascheln.

Dann sah er sie.

Es waren Schatten. Und es waren bestimmt keine Füchse. Sie tauchten ein in die Dunkelheit des Geländes.

Suko zählte drei Tiere, die bereits ziemlich weit von ihm weg waren. Es hatte keinen Sinn, es mit einer Verfolgung zu versuchen. Wenn sie so weiterliefen und ihre Richtung beibehielten, dann mußten sie bald die Lichtung erreicht haben, wo John und dieser Versicherungstyp warteten.

Sehr bald waren die Wölfe im tiefen Wald verschwunden. Auch die Geräusche hörte Suko nicht mehr. Er ging davon aus, daß er völlig normale Tiere gesehen hatte. Ein monströser Werwolf hatte sich nicht bei ihnen befunden. Aber John und er hatten abgemacht, sich gegenseitig zu verständigen, wenn etwas Unvorhergesehenes passierte.

Suko blieb an der Stelle, wo er gerade stand und ging nicht zurück zum Rover. Er holte das Sprechgerät hervor und hatte wenig später Verbindung mit seinem Freund.

Das Gespräch dauerte nicht lange und beschränkte sich auf das Wesentliche. John wußte Bescheid. Er konnte sich auf eine mögliche Gefahr einstellen, und Suko wollte weiterhin den Wachposten spielen.

Er ließ sich noch eine Minute Zeit und wartete darauf, noch weitere Wölfe zu sehen. Sie taten ihm diesen Gefallen nicht. Sie blieben zurück in ihren Verstecken, falls es noch mehr von ihnen gab.

Mit langsamen Schritten ging Suko wieder zurück zum Wagen. Jetzt war er noch mehr auf der Hut. Sein Gefühl sagte ihm, daß die Dinge noch nicht vorbei waren. Die Wölfe waren nicht grundlos durch den Wald gestreift, und er hatte auch keinen Anführer ausmachen können. Wobei er annahm, daß dieses Leittier dann ein Werwolf war.

Über ihm malte sich ein Scherenschnitt aus kahlen Ästen und Zweigen ab. Hoch darüber lag der Himmel, und dort schimmerte auch das gelbe Auge des Mondes.

Kein Nachtvogel wischte durch den Wald. Nicht einmal eine Maus bekam er zu Gesicht.

Diesmal hatte ihn sein Sinn getrogen. Es kam nichts mehr nach. Suko wollte auch nicht im Wald bleiben. Der Rover war sein Ausgangspunkt. Auf ihn ging er zu.

Suko blieb rechts neben dem Fahrzeug stehen. Er stieg nicht ein, weil ihn etwas daran hinderte. Es war ein Gefühl, und das gefiel ihm gar nicht. Obwohl sich äußerlich nichts verändert hatte, traute er dem Frieden nicht.

Hinter seinem Rücken hörte er plötzlich ein Geräusch. Er wußte nicht, ob es leise Schritte waren oder sich nur Blätter bewegt hatten. Jedenfalls paßte es nicht in die Stille. Suko wollte herumfahren, als er die Stimme hörte.

Sie klang leise, aber verdammt gefährlich. »Wenn du dich rührst, bist du tot!«

Die Erfahrung hatte Suko gelehrt, zu erkennen, wann es jemand ernst meinte und wann er nur bluffte. In diesem Fall war es kein Bluff, und deshalb tat er genau das, was man ihm geraten hatte. Er blieb stocksteif stehen und verdrehte nur die Augen, um in den Außenspiegel zu schauen. Vielleicht konnte er erkennen, was sich hinter ihm abspielte, aber er hatte Pech.

Trotzdem bewegte sich etwas auf ihn zu. Er hörte das leise Rascheln, überlegte genau und kam zu dem Entschluß, daß es keine Wölfe waren, die hinter seinem Rücken standen. Die Laute stammten von einem Menschen, und ein Mensch hatte ihn auch angesprochen.

Er konnte ihn riechen, wahrnehmen. Er merkte

auch, daß von dem anderen eine gewisse Wärme abströmte, und der Geruch erinnerte ihn an Wald und feuchte Erde.

»Die Arme hoch und hinter dem Nacken verschränken!« vernahm er den geflüsterten Befehl.

»Gut.« Suko tat, was ihm befohlen worden war. In dieser Haltung war er relativ wehrlos. Der Typ hinter ihm wußte genau, was er tat.

»Du kannst dich drehen!«

»Wie gütig.«

Er hörte nur ein Lachen.

Die Sekunden verstrichen langsam, wie es Suko vorkam. Zudem ließ er sich Zeit, und wenig später starrte er dem Kerl ins Gesicht. Es war dunkel, aber das dem Boden entgegensickernde Mondlicht reichte aus, um ihn recht gut erkennen zu können.

Der Mann war ihm unbekannt. In der Hand hielt er einen Revolver mit sehr langem Lauf, denn er hatte einen Schalldämpfer auf die Mündung geschraubt.

Es war schwer für Suko, diesen Typen in einen Zusammenhang mit den Werwölfen oder überhaupt den Wölfen zu bringen, weil er eben so anders aussah und auch nicht den Eindruck machte, als gehörte er hier in den Wald hinein. Vom Aussehen und auch vom Outfit her hätte er besser in die nächtliche Großstadt gepaßt.

Er trug eine lange Lederjacke und dazu eine Lederhose. Die Jacke war in Höhe der Taille zugeknöpft und lag eng am Körper. Darunter malte sich ein graues T-Shirt oder Hemd ab. Für die Kälte der Nacht war der Typ viel zu dünn angezogen, aber der Begriff frieren schien für ihn ein Fremdwort zu sein.

Das Gesicht war recht blaß. Das dunkle Haar glänzte wie gegelt, und es war sorgfältig frisiert. Die gesamte Masse hatte er nach vorn gekämmt. Über der Stirn wellte sich das Haar von einem Ohr zum anderen als Tolle hoch.

Der Mann war ungefähr 30. Auf keinen Fall älter. Er sah Suko aus seinen dunklen Augen an, ohne etwas zu sagen. Es war nur dieses Taxieren und Abwarten, als suchte er nach einer Schwachstelle des regungslosen Inspektors.

»Wer sind Sie?« fragte Suko.

Als Antwort erntete er ein glucksendes Lachen. »Warum fragst du? Ich bin derjenige, der dir den Tod und das Leben bringt. Allein im Wald zu sein ist zu gefährlich.«

»Allmählich glaube ich das auch. Wo ich doch die Wölfe gesehen habe. Gehören sie zu dir?«

»Sie sind nett, nicht?«

»Darüber kann man streiten.«

»Ich heiße übrigens Tony Hogan. Das nur, damit du weißt, wem du dein Schicksal zu verdanken hast. Wir werden uns sicherlich in anderer Form wiedertreffen.«

Suko blieb gelassen. »Als Wolf?« fragte er.

»Nein, nicht direkt. Mehr als Werwolf, verstehst du? Es ist heute die perfekte Nacht. Wenn du nach oben schaust, siehst du den Mond, und du glaubst gar nicht, wie stark er mich macht. Ich hätte nie gedacht, daß so etwas eintreten könnte, aber der Mond ist zu meinem besten Freund geworden.«

»Bist du ein Mensch?«

»Vielleicht«, gab Hogan lächelnd zurück.

»Oder bist du ein Werwolf?«

»Beides.«

»Wenn das stimmt, wundert es mich, daß du dich noch nicht verwandelt hast, wobei die Bedingungen doch so ideal sind. Ich denke eher, daß du mich bluffen willst, obwohl ich die Wölfe gesehen habe und auch annehme, daß sie zu dir gehören.«

»Ja, sie gehorchen mir. Ich hasse es, wenn sie hinter Gittern oder Mauern gefangen sind. Deshalb bin ich erschienen, um sie zu befreien. Ich habe sie aus dem Zoo geholt. Du glaubst gar nicht, wie dankbar sie mir sind. Es sind meine Beschützer und meine Begleiter. Sie lieben mich, denn ich bin ihr Leitwolf.«

»So siehst du auch aus«, erwiderte Suko bewußt provozierend. »Einen Leitwolf habe ich mir immer anders vorgestellt, wenn ich ehrlich sein soll. Egal, was hier . . .«

»Dreh dich wieder um!«

Plötzlich war die Gelassenheit des anderen verschwunden. Seine Pupillen bekamen eine andere Farbe. Sie wurden hell, als hätte sich das kalte Licht des Mondes darin gefangen. Die Mündung des Schalldämpfers zielte auf Sukos Kopf, und der Inspektor wußte, daß er es zu weit getrieben hatte.

Wenn er Hogan den Rücken zuwandte, hatte der Typ alle Vorteile auf seiner Seite, aber Suko traute sich auch nicht, die Hände am Nacken zu lösen, um an seinen Stab zu gelangen. Jede falsche Bewegung hätte der andere sofort mit einer Kugel beantwortet.

»Und was hast du . . .«

»Mach schon!«

Wieder ließ sich Suko Zeit. Und das war gut so. So konnte er noch aus dem Augenwinkel die Bewegung des Mannes sehen und sich darauf einstellen.

Hogan hatte seinen rechten Arm in die Höhe gerissen, um mit dem Revolver zuzuschlagen. Die Waffe raste auch nach unten, aber Suko drehte blitzschnell den Kopf weg.

Leider nicht schnell genug.

Zuerst spürte er den Hieb wie einen Hammerschlag am Kopf. Dann entstand daraus an der rechten Seite eine Spur aus Glut und Schmerzen, die durch seinen gesamten Kopf strömte.

Die dunkle Welt um ihn herum veränderte sich. Plötzlich geriet sie in einen rasanten Wirbel. Durch die Finsternis zuckten Blitze, als hätten sich die Sterne auf den Weg gemacht.

Suko kippte gegen den Rover. Für einen Moment sah es so aus, als könnte er sich noch am Dach festklammern. Dann aber gaben seine Beine nach, und Hogan, der bereits den rechten Arm zum Schlag erhoben hatte, ließ ihn wieder sinken. Der eine Treffer hatte ausgereicht. Er schaute zu, wie Suko an der Autoseite herabglitt und auch keine Chance mehr bekam, sich irgendwo festzuhalten. Das feuchte Metall war glatt wie Seife. Neben dem Rover blieb Suko halb auf dem Gesicht liegen.

Tony Hogan lächelte. Er stand nur einen Schritt von dem bewegungslosen Körper entfernt. Der Ausdruck in seinen Augen hatte nicht mehr gewechselt. Das Gelbe war geblieben. Das war kein menschlicher Blick mehr, mit dem er Suko anschaute.

Langsam sank sein rechter Arm mit der Waffe nach unten. Die Mündung zielte auf den Kopf des Regungslosen, und der Finger lag am Abzug. Er brauchte ihn nur um eine Idee zurückzuziehen, dann löste sich der Schuß, und die Kugel würde Sukos Kopf zerschmettern.

Er tat es noch nicht. Etwas hielt ihn davon ab. Seine erzwungene Ruhe ging verloren. Plötzlich bewegte er seinen Kopf und schaute zuerst nach links, dann nach rechts, um das zu entdecken, was ihn gestört hatte. Es war für ihn nicht zu sehen. Der Wald zeigte sich unverändert. Die Bäume umstanden ihn wie starre Zeugen.

Trotzdem war etwas anders geworden. Der Mensch vor ihm war nicht mehr interessant genug. Hogan merkte die Veränderung, obwohl er sie nicht sah. Er riß den Mund auf, doch kein menschlicher Laut drang hervor. Es war nur ein heiser klingendes Keuchen.

Hogan wurde nervös. Mit einem Sprung gelangte er auf den Waldweg. Er verharrte und lauschte.

Plötzlich wurde die Stille zerrissen.

Unheimliche Laute und Töne klangen durch den Wald, als wäre in seinem Innern eine Kapelle versteckt, deren Mitglieder auf nur einem Instrument spielten.

Der Mann mit den lackschwarzen Haaren erstarrte. Kalt rieselte es seinen Rücken hinab, und er spürte Energien in sich hochwachsen, die er nie vermutet hätte.

Das Heulen blieb.

Er lauschte. Er duckte sich dabei und erinnerte an einen Sprinter kurz vor dem Start. Er wußte, daß etwas nicht so gelaufen war, wie er es sich vorgestellt hatte, und daß es auch seine Pläne über den Haufen warf.

Der bewußtlose Mensch war nicht mehr interessant. Er wollte sich später darum kümmern. Das Heulen hatte ihm genug gesagt. Er sah seine Freunde in Gefahr.

Sie brauchten ihn. Sie wollten, daß ihnen jemand half, und er war der Letzte, der sich davor drückte . . .

Winston Taylor hielt sein Gewehr umklammert wie einen Rettungsanker. Er saß nicht mehr, er stand auch nicht. Er hatte sich halb aufgerichtet und starrte über die Brüstung hinweg, aber nicht direkt nach unten. So konnte er die Wölfe nicht sehen.

Nur hören.

Auch ich vernahm die Laute. Sie waren einfach nicht für menschliche Ohren gemacht.

Es gab keinen stillen Wald mehr. Das Heulen und Jammern überlagerten jeden anderen Laut. Langgezogenes Schreien, ein schrilles Weinen dazwischen und unterschiedlich klingende Laute, wie Taylor sie noch nie gehört hatte.

Er fuhr herum und starrte mich an. »Verdammt, was soll das?« schrie er mir ins Gesicht.

»Behalten Sie die Nerven.«

»Das sagen Sie so leicht.«

»Keine Dummheiten, Taylor.«

»Soll ich mich hier verkriechen?«

»Nein, das ist nicht nötig. Wir ...«

»Hören Sie auf, Sinclair.« Er war nicht zu belehren. »Ich lasse mich nicht von ihnen fertigmachen und womöglich in Stücke reißen. Nein, verdammt, nur das nicht. Ich werde gegen sie angehen, und ich habe Ihnen ja schon gesagt, daß ich mit dem Gewehr verdammt gut umgehen kann. Das werden auch die Bestien zu spüren bekommen.« Er hatte seine erste Angst überwunden und beugte sich jetzt über die Brüstung hinweg. Dabei drückte er sein Gewehr an die Schulter und suchte das Ziel.

Ihm stand nur das Mondlicht zur Verfügung. Bis mir einfiel, daß auch seine Waffe mit einem Restlichtverstärker ausgerüstet war. Damit konnte er schon etwas anfangen.

Ein Wolf hatte sich von der Leiter des Hochsitzes entfernt. Er lief zur Seite hin. Es mochte sein Fehler sein, daß er dabei so langsam war, und die Gewehrmündung folgte ihm.

Dann drückte Taylor ab.

Er hatte mir schon einige Male erklärt, daß er ein guter Schütze war. Das erlebte ich nun in der Praxis. Trotz der schlechten Sichtverhältnisse traf er. Die Kugel hieb in die Flanke des Wolfes, der zusammenzuckte, danach noch zwei, drei Schritte weiterlief und dann zusammenbrach, als würden ihm die Beine unter dem Körper weggeschlagen.

Er fiel auf die Seite. Seine Pfoten schlugen einige Male in die Luft. Es waren die letzten Zuckungen, denn Taylor hatte dem Tier einen Blattschuß verpaßt.

Aus, vorbei für den Wolf. Der Mann neben mir lachte. Er riß das Gewehr wieder in die Höhe, als wollte er den Mond mit einer Kugel beglücken. »So geht das, Sinclair. Haben Sie gesehen, wie man mit den Biestern fertig wird?«

»Keine Euphorie!«

»Wieso?« Er lachte mir hart ins Gesicht. »Ich hole mir gleich den nächsten, darauf können Sie sich verlassen. Hier geht nichts vom Tisch, verstehen Sie?«

Er drehte sich wieder um und suchte nach einem weiteren Ziel. Der eine Wolf lag tot auf der Lichtung, die drei anderen verhielten sich schlauer und hatten sich in einen toten Winkel gedrückt. Wahrscheinlich kauerten sie unter dem Hochsitz.

Taylor war aufgedreht.

Er fluchte in die Leere hinein. Das Heulen der Tiere war längst verstummt. Über der Lichtung im Wald lag wieder die Stille. Wir hörten weder ein Knurren noch ein fauchendes Atmen, aber sie waren noch da, denn keiner von uns hatte die Schatten über die Lichtung huschen sehen.

Winston Taylor wischte mit dem linken Handrücken über sein Gesicht. »Das ist noch nicht ausgestanden, Sinclair. Aber glauben Sie nicht, daß ich mich abschrecken lasse. Ich hole sie mir alle. Da können Sie tun und sagen, was Sie wollen.«

»Ich tue gar nichts.«

»Eben, das ist es ja.«

»Ich sage Ihnen nur, daß Sie sich nicht zu weit aus dem Fenster lehnen sollen.«

Er winkte heftig ab und verlangte von mir, ihm Rückendeckung zu geben.

»Wie meinen Sie das genau?«

»Ist doch klar. Ich gehe runter. Ich will hier nicht warten, bis es den Wölfen gefällt, zu verschwinden. Ich hole sie mir, wenn ich unten bin. Die Leiter ist das einzige Problem. Wenn ich sie hinabgehe, bin ich wehrlos. Es ist doch nicht zuviel verlangt, wenn Sie mir den Rücken freihalten.«

»Nein, das nicht.«

»Was stört Sie trotzdem?«

»Daß Sie die Dinge einfach zu leichtnehmen. Genau das stört mich an Ihnen. Sie haben Glück gehabt, doch von nun an wird das Spiel anders laufen.«

»Wollen Sie hier verschimmeln?«

»Nein, das nicht. Aber denken Sie an den Werwolf.«

»Lächerlich!« rief er mir zu. Warme Speicheltropfen trafen mein Gesicht, so dicht stand er bei mir. »Haben Sie nicht gesehen, daß eine Kugel ausreichte, um ihn zu killen?«

»Das ist kein Werwolf gewesen, Mr. Taylor!«

»Wieso nicht?«

»Sie können eine derartige Bestie nicht mit einer

normalen Kugel vernichten. Sie besteht aus Blei, das brauche ich Ihnen als Jäger nicht zu sagen. Einen Werwolf können Sie mit einer Silberkugel ausschalten. Das müssen Sie mir glauben.«

»Ist doch wunderbar, Sinclair. Was hätte uns denn besseres passieren können? Wir haben es hier nur mit normalen Wölfen zu tun, und wir sind bewaffnet. Ist das super oder nicht?«

»Lassen Sie trotzdem Vorsicht walten, Mr. Taylor.«

»Werde ich, keine Sorge. Und ich habe auch noch das Bild meines Jägerfreundes vor Augen. Der Mann war nur noch blutiges Fleisch. Daß er geredet hat, ist ein Wunder. Jetzt glaube ich, daß er sich in einem Delirium befunden hat und nicht mehr unterscheiden konnte zwischen einem normalen Wolf und einem Werwolf. Aber ich kann es. Sie haben es mir ja soeben erklärt.« Für ihn war die Sache erledigt. Mit der linken Hand faßte er nach dem innen angebrachten Riegel der Tür und drückte ihn zurück. Die kleine Tür war jetzt offen. Außen schloß sich bereits die erste Stufe der Leiter an.

»Decken Sie mir den Rücken?«

»Ja.«

Es hatte keinen Sinn, noch weiter auf ihn einzusprechen. Winston Taylor war nicht zu belehren. Ihn hatte ein besonderes Jagdfieber erfaßt.

Bevor er auf die erste Stufe trat, schaute er nach unten. Die Fläche der Lichtung glich der Oberfläche eines Sees, über den nicht der leichteste Windhauch strich. Nach wie vor stand der Mond am Himmel und schickte sein silbernes Licht in die Tiefe.

Taylor hatte das Gewehr unter seine rechte Armbeuge geklemmt. Wenn nötig, würde er auch beim Herabsteigen der Leiter schießen können. Das war zunächst nicht nötig, denn es ließ sich kein Wolf blicken. Es war auch nicht sicher, ob sich die Tiere unter dem Hochsitz verkrochen hatten. Sie konnten ebensogut hinter uns im Wald verschwunden sein. Einer nur lag auf der Lichtung, die Beine von sich gestreckt.

Er würde sich nie mehr erheben können.

Ich blieb auf dem Hochsitz stehen und ließ meinen Blick schweifen. So gut wie möglich wollte ich die Umgebung überblicken und schaute dabei auch durch das Fernglas.

Nein, da war nichts. Selbst als ich mich gedreht und hinter mich geschaut hatte, war am Waldrand keine Bewegung zu sehen.

Mittlerweile hatte Taylor die Leiter hinter sich gelassen. Er stand neben ihr und hatte den Kopf in den Nacken gelegt. »He!« rief er zischend zu mir hoch. »Sie können kommen, ich habe es geschafft.« Ein knappes Lachen folgte. »Manchmal ist eine Kugel immer noch die beste Medizin, glauben Sie mir.«

Ich gab ihm keine Antwort. Ich wußte es zwar nicht besser, doch im Gegensatz zu Taylor hatte ich meine Erfahrungen sammeln können, auch mit Werwölfen. Ich wußte genau, wie gefährlich und raffiniert sie waren. Wie sie sich versteckten, um plötzlich und unerwartet zuzuschlagen.

Die Gefahr war noch nicht gebannt. Und der Werwolf war ebenfalls noch nicht erschienen. Es war zu hoffen, daß sich der Zeuge geirrt hatte, so recht daran glauben konnte ich jedoch nicht.

Die Sprossen waren hart genug, um das Gewicht eines Menschen tragen zu können. Nur die Feuchtigkeit störte mich, aber ich gelangte auf die Lichtung, ohne auszurutschen.

Neben Taylor blieb ich stehen. Er war noch immer euphorisch. »Ist doch super – oder?«

»Abwarten.«

»Mann, Sie sind ein verdammter Pessimist.«

»Realist, mein Lieber.«

»Egal.« Er trat zur Seite. »Was machen wir mit den verdammten Wölfen? Ich will sie nicht laufen lassen, deshalb schlage ich vor, daß wir uns auf die Pirsch begeben.«

»Das heißt, Sie wollen durch den Wald laufen?«

»Müssen wir doch – oder? Da wartet noch Ihr Kollege im Wagen, Mr. Sinclair. Kann sein, daß der etwas gesehen hat.«

»Gute Idee.«

»Die habe ich immer.«

Ich gab dem Mann einen zu. Er kannte sich in den Regeln nicht aus, aber er war auf der Hut. Als ich mein Sprechgerät hervorholte, um mit Suko Kontakt aufzunehmen, schlich er mit schußbereitem Gewehr zur Seite und verließ die unmittelbare Nähe des Hochstands. Er konzentrierte sich jetzt auf den Waldrand hinter dem Hochsitz. Da hatte er gar nicht mal so unrecht.

Suko meldete sich nicht.

Ich versuchte es dreimal. Dann war mir klar, daß mit meinem Freund und Kollegen etwas passiert sein mußte.

Taylor war stehengeblieben. »Was ist denn? Hat sich ihr Partner nicht gemeldet?«

»Nein.«

»Sieht nicht gut aus, wie?«

»Sie sagen es.«

»Wollen Sie hin?«

»Natürlich.«

»Ha – und was ist mit den Wölfen?«

»Sie können auch zu ihm gelaufen sein.«

Nach einem Moment des Nachdenkens gab er mir recht. »Das ist tatsächlich möglich. Oder es war ...«

Ein Geräusch lenkte mich ab. Ich wußte nicht, was es war. Ein Laut, den ich nicht identifizieren konnte, aber ich bekam die Folgen davon mit.

Winston Taylor zuckte zusammen. Es war bestimmt kein Zucken seiner Nerven. Er hatte einen heftigen Schlag mitbekommen. Nach der Reaktion drehte er sich zur Seite, und dabei schaute er mir ins Gesicht.

Ich sah ihn an.

Und ich sah das Loch auf seiner Stirn!

Im nächsten Augenblick kippte er um, als hätte man ihm die Beine weggezogen. So schnell wie er lag ich ebenfalls auf dem Boden und wälzte mich durch das feuchte Gras auf den Hochsitz zu, dessen Pfosten eine geringe Deckung versprachen.

Jemand hatte geschossen. Und dieser Jemand stand in einer verdammt guten Deckung, so daß er uns praktisch wie auf dem Präsentierteller hatte. Trotz des schlechten Lichts war ihm ein Volltreffer gelungen. Einen Menschen genau in die Stirn zu treffen, ist schon eine Kunst. Da ich kaum etwas gehört hatte, mußte er seine Waffe mit einem Schalldämpfer bestückt haben.

Taylor hätte auf mich hören sollen, anstatt den großen Helden und Sieger zu spielen. Er hatte es nicht getan und sich durch den ersten Erfolg blenden lassen.

Es war kein zweiter Schuß gefallen. Vielleicht hatte ich für den geheimnisvollen und heimtückischen

Schützen einfach zu schnell reagiert. Auch jetzt lag ich noch auf dem Boden und hatte nur den Kopf angehoben. Über mir sah ich als Dach die untere Seite des Hochstands.

In meiner Lage fühlte ich mich alles andere als wohl. Nicht nur der Gedanke an Suko machte mich nervös, auch meine eigene Lage war nicht eben die beste, denn eine richtige Deckung hatte ich nicht. Ich mußte mich mehr auf die Schatten der Hochsitzpfosten verlassen.

Vor mir lagen jetzt zwei leblose Körper auf der Lichtung. Winston Taylor war von dem Schlag auf den Rücken geworfen worden. Er lag dort mit ausgebreiteten Armen. Mit der rechten Hand hielt er sogar noch sein Gewehr fest.

Die verdammte Stille zerrte an den Nerven. Hinzu kam noch die Ungewißheit darüber, daß ich nicht wußte, wer da im Dunkeln und mit schußbereiter Waffe auf mich lauerte. Ein Wolf war das nicht. Es mußte ein Mensch sein.

Ich lauschte in die Stille, die von keinem verräterischen Laut unterbrochen wurde. Ich hatte längst meine Beretta gezogen und hielt sie schußbereit in der Rechten. Dabei lag ich noch auf dem Boden, was wiederum nicht gut war. Es war keine Position, um sich verteidigen oder auch angreifen zu können.

Egal, wer mich auch aus dem sicheren Schutz der Dunkelheit unter Kontrolle hielt, ich mußte es einfach wagen und begann mich aufzurichten.

Um im Wald zu verschwinden, war ich gezwungen, die Lichtung zu überqueren. Auch hinter dem Hochsitz gab es noch ein paar Meter freier Fläche, bevor der Waldrand begann. Sie war allerdings nicht so breit, und da standen meine Chancen schon besser.

Wie es auch lief, ich war in jedem Fall ein Zielobjekt für den unbekannten Killer.

Im Knien blickte ich mich um so gut es die Lichtverhältnisse erlaubten. An den Rändern bewegte sich nichts. Die Dunkelheit hatte dort alles geschluckt. Es waren auch keine Unterschiede auszumachen. Alles ging ineinander über.

Ich stand auf.

Sehr langsam und bewegte mich dabei auch. Immer wieder versuchte ich, so viel wie möglich von der Lichtung und deren Ränder zu beobachten.

Der letzte Blick.

Nichts – keine offene Gefahr.

Dann startete ich. Den Waldrand, der mir am nächsten lag, hatte ich mir ausgesucht, und ich rannte geduckt vor.

Vom nahen Waldrand lösten sich plötzlich drei Schatten. Es waren die Wölfe, und sie hatten mich als Ziel ausgesucht . . .

Die Entscheidung war innerhalb der nächsten Sekunde zu treffen. Jeder, der schon einmal geschossen hat, weiß, wie schwer es ist, aus vollem Lauf ein sich ebenfalls in Bewegung befindliches Ziel zu treffen. Aus diesem Grund mußte ich stoppen und schaffte es auch, ohne auszurutschen und dicht vor dem Hochsitz.

Die drei Wölfe waren zusammengeblieben, bildeten aber einen Fächer. Aus der Nähe sah ich ihre Körper. Sie waren kompakt, sie waren struppig. Ihr Fell schimmerte im Mondlicht, und ich sah auch die kalten, gelben Augen.

Die Schnauzen hatten sie aufgerissen. Ich hörte bei

jedem Sprung den dumpfen Aufprall der Pfoten. In dieses Geräusch mischte sich noch das harte Hecheln hinein, und die Atemwolken standen wie gezeichnet vor ihren Schnauzen.

Ich schoß auf den ersten, der mir am nächsten war. Das Tier wurde mitten im Sprung von meiner geweihten Silberkugel erwischt. Wo das Geschoß eingeschlagen war, hatte ich nicht gesehen. Es war auch alles viel zu schnell gegangen, und ich mußte sofort die Waffe nach links schwenken, um auf den zweiten Wolf zu schießen.

Auch diese Kugel traf. Leider nicht so gut wie die erste. Zwischen den beiden Ohren hinterließ sie eine Furche in der Stirn des Tieres. Es sprang noch vor, aber es waren nicht mehr die glatten und geschmeidigen Sprünge. Das Tier taumelte jetzt und schlug mit dem Kopf hin und her.

Blieb der dritte.

Und der wuchs vor mir hoch. Er hatte sich mit einem gewaltigen Satz abgestoßen. Sein mächtiger Körper wirkte wie der eines Riesen. Bevor ich abdrücken konnte, war er über mir.

Das Paket aus Muskeln, Fell und Kraft wuchtete sich auf mich.

Der Wolf warf mich um.

Ich erlebte die Sekunden der Angst, als ich auf den Rücken fiel und über die feuchte Erde rutschte. Es war mein Glück, daß der Wolf nicht auf mir liegenblieb, sondern durch die eigene Kraft getragen über meinen Kopf hinwegglitt und mit seinen Pfoten dabei die weiche Erde aufriß. Ich hatte das Gefühl, seinen Körper im Mund zu schmecken. Hörte das kurze Aufheulen, das wie das Gebell eines Hundes klang, und rollte mich auf die Seite.

Ich wollte hochkommen, es wäre zu spät gewesen. Das Tier hatte gedreht und bereits zum neuen Sprung angesetzt. Aus dichter Entfernung starrte ich es an. Ich sah eigentlich nur den Kopf und dabei besonders die weit geöffnete Schnauze mit den verdammten Zähnen, die von der Zunge umpeitscht wurden.

Ich schoß noch im Liegen. Dabei hielt ich die Beretta mit beiden Händen fest, denn einen Fehlschuß konnte ich mir nicht erlauben.

Die Kugel traf genau.

Sie schlug in den Hals des Wolfes ein und riß dort ein Loch, aus dem das Blut quoll. Er schleuderte seinen Kopf in die Höhe, und ich hörte ihn heulen oder schreien.

Das war auch das letzte, was ich von ihm sah, denn sofort rollte ich mich wieder zur Seite und überschlug mich dabei.

Ein toter Wolf rutschte an mir vorbei. Er hinterließ im Gras eine Blutspur. Zwei hatte ich getötet, aber was war mit dem verdammten dritten?

Das Tier lebte noch. Es kämpfte gegen seinen Zustand an. Der Streifschuß hatte es benommen gemacht. Wäre es anders gewesen, hätte es nicht unkontrolliert mit seinen Pfoten um sich geschlagen. Das aber geschah hier, und die Krallen rissen an einigen Stellen den Boden auf und schleuderten kleine Stücke weg.

Der Wolf kam wieder hoch, ebenso wie ich. Dabei wartete ich, bis er zitternd auf seinen Beinen stehenblieb, den Kopf drehte oder schüttelte, und wieder zerriß ein Schuß die Stille.

Diesmal traf die Kugel tiefer. Ihre Wucht zerschmetterte den Schädel des Wolfs. Er würde keinem mehr gefährlich werden, das stand fest. Aber ich mußte so schnell wie möglich Deckung finden. Von den Wölfen hatte bestimmt keiner geschossen.

Mit langen Schritten und im Zick-Zack hetzte ich auf den Waldrand zu, wo das Unterholz wie eine Mauer wuchs, jedoch kein großes Hindernis war, denn ich brach mit meinem Gewicht durch und spürte nur wenig Widerstand.

Neben einem Baumstamm ging ich dann in Deckung. Erst jetzt konnte ich mir eine Ruhepause gönnen und allmählich wieder zu Atem kommen. Vier tote Wölfe lagen auf der Lichtung, zudem noch ein erschossener Mensch, und die Nacht war noch nicht zu Ende.

Der Blick auf die Uhr zeigte mir, daß die Tageswende gerade erst vorbei war.

Dann passierte etwas Unerwartetes, und es geschah nicht schnell, sondern langsam und schleichend. Es war auch kein äußeres Ereignis, das mich hätte in Gefahr bringen können, es veränderte sich nur auf eine ungewöhnliche Art und Weise das Licht. Als hätte jemand an einem großen Schalter gedreht und es gedimmt.

Automatisch blickte ich zum Himmel, denn nur dort konnte die Veränderung ihren Anfang gehabt haben.

Ja, es stimmte.

Es war ein Schatten erschienen, der sich in den Kreis des Mondes hineingeschoben hatte.

Ich sah ihn nicht zum erstenmal in meinem Leben. Der Schatten gehörte Fenris, dem Götterwolf . . .

Genau diese Tatsache gab dem Fall eine völlig neue Dimension.

Fenris war für die Werwölfe der Allergrößte. Der Wolf der Wölfe, wenn man so wollte. Das Götterbild, der Helfer aus einer Welt, die aus Mythen und Sagen bestand.

Auch er war nicht unbedingt allein, denn zu ihm gehörte ein Pendant. Der Name kam mir automatisch in den Sinn, denn zu dieser zweiten Gestalt besaß ich eine besondere Beziehung. Es war Morgana Layton, die Menschwölfin, die ich vor Jahren schon zu den Ahnen hätte schicken können. Damals war es mir nicht möglich gewesen, mich dazu zu überwinden. Von diesem Zeitpunkt an hatte ich eine Feindin mehr gehabt.

Wenn Fenris erschien, dann mußte auch sie mitmischen, und mir würden verdammt harte Zeiten bevorstehen.

Ich sah sie nicht. Sie mußte auch nicht unbedingt in der Nähe lauern. Eine wie sie hielt sich zumeist im Hintergrund verborgen und tauchte nur dann auf, wenn sie es für richtig hielt. Aber ich mußte damit rechnen, ihr ebenfalls zu begegnen.

Noch sah ich nur den gewaltigen Schatten. Der Körper war gestreckt. Er sah aus wie zum Sprung bereit oder wie schon im Sprung, der unterbrochen war, ohne das Ziel zu erreichen. Er hatte sich mit der Hälfte des Oberkörpers in den kreisrunden Mond hineingeschoben, der Kopf malte sich besonders deutlich ab, wobei er seine Schnauze weit geöffnet hatte und ich sogar die Zunge entdeckte, die daraus hervorhing.

Vergessen für mich waren die vier normalen Wölfe, die tot auf der Lichtung lagen. Allerdings stand Fenris auch für sie ein, und so ging ich davon aus, daß er sich rächen würde. Vielleicht nicht selbst, denn er hatte auf dieser Welt seine Botin. Es war die schon erwähnte Morgana Layton. Versehen mit einem wahnsinnigen Machthunger und immer darauf bedacht, ihre Macht auszudehnen, wobei sie auch unter den dämonischen ihresgleichen Feinde hatte. Dazu zählte ich im besonderen die Vampire, denn sie und auch die Werwölfe hatten sich schon manchen Machtkampf geliefert, bei dem ich nicht mehr als ein Zeuge gewesen war.

Ich stand auf der Lichtung, schaute zum Himmel und hatte jegliches Zeitgefühl verloren. Es gibt einfach Situationen, da denkt man, man schwimmt weg, und hat das Gefühl, mit allem nichts mehr zu tun haben zu wollen.

Für mich stand allerdings fest, daß sich Fenris nicht grundlos gezeigt hatte. Ich konnte mir auch nicht vorstellen, daß ich der Grund gewesen sein sollte. Hier war etwas passiert, das ihm nicht gefallen konnte. Jedes Töten eines Wolfes mußte er als persönliche Niederlage betrachten. Der verstorbene Zeuge hatte von einem Werwolf gesprochen, und genau den hatte ich noch nicht gefunden. Deshalb vermutete ich, daß es zwischen Fenris und ihm einen besonderen Zusammenhang gab und der Götterwolf die Verbindung nicht so ohne weiteres lösen würde.

Ich hatte die Beretta noch nicht weggesteckt. Mein rechter Arm hing nach unten. Das Gewicht der Waffe zog an meiner Hand.

Abgesehen davon, daß die Lichtung aussah wie ein Kampfplatz, hatte sich nichts verändert. Es gab noch keinen unmittelbaren Angreifer. Die Wölfe lagen tot im Gras, wie auch mein Begleiter. Er war nicht durch einen Wolf ums Leben gekommen, sondern durch eine Kugel. Deshalb mußte auch ich mich als Zielobjekt fühlen, obwohl es auf der Lichtung nicht mehr so hell war. Aber auch Winston Taylor hatte ein Gewehr mit Infrarot-Zieloptik benutzt. Eine derartige Waffe hätten sich auch meine Gegner besorgen können.

Es wurde nicht geschossen. Die andere Seite schien das Interesse an mir verloren zu haben. Ich hörte auch kein fremdes Geräusch, und Suko meldete sich ebenfalls nicht.

Ihm galt meine zweite Sorge. Ich wollte es noch einmal versuchen und Kontakt mit ihm aufnehmen. Dazu kam es nicht mehr, denn plötzlich wehte mir das Geheul entgegen.

Obwohl ich hatte damit rechnen müssen, zuckte ich zusammen. Das Heulen war von vorn erklungen. Wer immer es ausgestoßen hatte, verbarg sich im dichten Unterholz des Waldes. Für mich war er nicht sichtbar. Fenris stand auch weiterhin als Schatten gegen den dunklen Himmel gedrückt. Er hatte das Heulen nicht ausgestoßen.

Es waren klagende Laute. Wer immer sie von sich gab, mußte sich dabei sehr quälen. Es schienen die akustischen Folgen eines Kampfes zu sein, den er ausfocht.

Es blieb nicht beim Heulen. Ich hörte auch andere Laute. Dann bewegten sich Büsche am Waldrand, als hätten sie von der anderen Seite Druck bekommen.

So war es auch.

Einen Moment später taumelte die nächste Gestalt auf die Lichtung. Wieder erlebte ich eine Überraschung ...

Es war kein Wolf, der das Heulen ausgestoßen hatte, sondern ein Mensch. Aber er war dabei, sich in die Bestie zu verwandeln. Er folgte den alten Regeln des Fluchs, der einen Menschen zu einer blutgierigen Bestie machte.

Das Mondlicht reichte wirklich aus, um ihn beobachten zu können. Den Mann hatte ich noch nie zuvor gesehen. Er hatte dunkles Haar und trug ebenfalls dunkle Kleidung. Während er stolpernd lief und auch als Mensch diese fürchterlichen Laute ausstieß, hatte er mit beiden Händen die Revers seiner Jacke umklammert, und ich wußte, daß er sie sich bald vom Körper reißen würde.

Auf mich achtete er nicht. Er lief noch einige Schritte vor, blieb dann plötzlich stehen und wuchtete seinen Körper zurück. Er fiel nicht, fing sich wieder, legte den Kopf zurück und schaute gegen den Mond und gegen den Schatten.

Er riß die beiden Hälften der Jacke auseinander. Drehte sich aus dem Kleidungsstück hervor. Schleuderte es weg. Seine Arme fuhren unkontrolliert durch die Luft, bis sie ein neues Ziel gefunden hatten. Es war die ebenfalls lederne und blank schimmernde Hose, die er sich vorn aufriß und den Reißverschluß nach unten zerrte.

Es war ein Striptease der besonderen Art, der mich auch in seinen Bann zog, nur anders als der in einer Bar.

Er schleuderte auch die halbhohen Stiefel weg, dann das letzte Shirt, und so stand er nur mit einer engen Unterhose bekleidet auf der Lichtung.

Obwohl es lächerlich wirkte, war es dies nicht. Ich wußte auch nicht, ob ich mit der Person Mitleid haben oder sie verfluchen sollte. Der Mann war noch nicht zu einer Bestie geworden, doch er befand sich auf dem Weg dorthin.

Beinahe hätte er seine Unterhose zerrissen, und schnell stieg er aus diesem letzten Kleidungsstück. Nackt und breitbeinig stand er auf der Lichtung, den Kopf in den Nacken gelegt, den Mond anbetend wie einen Götzen.

Die Arme hatte er in Höhe der Schultern abgewinkelt und in die Höhe gestemmt. Seine Hände waren zu Fäusten geballt. Er zitterte, riß den Mund auf und gab wieder diese ungewöhnlichen Heultöne ab, als er auf die Knie fiel.

Es war noch nicht das Heulen des Wolfes oder das des Werwolfes. Dieses hier hörte sich einfach anders an. Es glich mehr einem Schreien, einem Klagen. Er wußte noch nicht, ob er sich als Mensch oder als Werwolf sehen sollte. Der Trieb war da. Nur hatte er es nicht geschafft, voll durchzubrechen.

Die Verwandlung des Menschen in einen Werwolf erlebte ich nicht zum erstenmal. Es war immer wieder faszinierend, dabei zuzuschauen. Hier wurde mir etwas Ursprüngliches präsentiert, das es schon seit unheimlich langen Zeiten gab und das erst später von den Menschen entdeckt wurde. Bevor es sie gab, da existierten bereits die Wölfe. Sie würden auch weiterhin überleben wie die Ratten.

Er kniete. Er jammerte. Er heulte klagend den Mond an. Er stieß immer wieder die Arme in die Luft, als wollte er mit seinen Fäusten den Mond treffen.

Den Mund hielt er weit offen. Es kümmerte ihn auch nicht, daß er in mir einen Zeugen hatte. Er war voll und ganz mit seiner Verwandlung beschäftigt. Der Keim steckte in ihm und wurde vom Mondlicht noch weiter verstärkt. Noch immer kniend schwang er vor und zurück. Der Kopf pendelte. Mal glotzte er nach unten, mal schleuderte er ihn zurück. Und die helle Haut des Körpers erhielt einen ersten Schatten. Vom Kopf bis zu den Füßen zog er sich hin.

Ich wußte, daß es kein Schatten war. Es gehörte zur Verwandlung, die für den Mann auch weiterhin eine Quälerei war. Er rollte sich über den Boden der Lichtung. Er stieß die Hacken in die weiche Erde, als wollte er dort Halt finden. Sein Körper war jetzt von einem dünnen, dunklen Flaum bedeckt, der bei jeder Umdrehung des Mannes an Dichte zunahm.

Die feinen Härchen vervielfältigten sich und wuchsen zu einem dichten, dunklen Fell zusammen. Ein dunkler Pelz wie ihn auch die Wölfe haben. Er kämpfte weiter. Die Kräfte, die ihn in ihren Klauen hielten, trieben ihn über den Boden hinweg, und er drehte sich stets um die eigene Achse.

Manchmal blieb er auch auf dem Bauch liegen und klammerte sich mit den Händen im feuchten, weichen Boden fest. Aber die andere Kraft trieb ihn weiter, denn noch hatte er sich nicht völlig in die Bestie verwandelt.

Seine Jaultöne nahmen an Lautstärke zu. Sie kamen mir auch klagender vor. Sie wehten über die Lichtung hinweg und verwandelten sich dabei in eine Melodie mit unterschiedlich hohen und auch niedrigen Lauten.

Manchmal verloren klingend. Dann wieder wütend, aggressiv. Er wollte dem Götterwolf die gesamte Bandbreite seiner neuen Art der Verständigung mitteilen.

Auch seine Haare waren nicht mehr so geblieben. Ich sah es, als er sich aus der liegenden Stellung erhob. Mit den Händen – falls es noch Hände waren –

stemmte er sich gegen den Boden. Der fellbedeckte Oberkörper bildete eine Brücke, und den Kopf hielt er gesenkt. Kein Heullaut wehte mehr über den Rasen. Ich hörte ein heiseres Knurren und konzentrierte mich mehr auf den Kopf, während ich zugleich einige Schritte auf die Gestalt zuging.

Den Kopf hielt er gesenkt. Ich hätte jetzt sein Gesicht eigentlich sehen müssen, wenn auch nur vom Profil her, aber die Haare waren gewachsen oder hatten sich ebenfalls verändert. Sie hingen wie eine Fahne zu beiden Seiten des Schädels nach unten.

Etwas löste sich aus seiner Schnauze. Für mich sah das Zeug aus wie helle Klumpen. Speichel war es bestimmt nicht, eher Geifer, der da zu Boden klatschte.

Er knurrte. Es hörte sich ähnlich an wie bei einem Kampfhund.

In einer für mich guten Distanz war ich stehengeblieben. Meine Waffe hielt ich so, daß die Mündung auf die kniende Gestalt des Veränderten zielte.

Wenn er sich tatsächlich in einen Werwolf verwandelt hatte, würde er mit dem geweihten Silber seine Schwierigkeiten bekommen.

Ruckartig drehte er den Kopf nach links. Genau dort stand ich. Das Fell oder die Haare wurden bei dieser Bewegung in die Höhe geschleudert, aber sie fielen nicht mehr zurück, und so gelang es mir, sein Gesicht zu sehen.

Nein, das war kein Gesicht mehr. Das war auch nicht der normale Kopf eines Menschen. Der Mensch vor mir hatte sich in einen Werwolf verwandelt mit allem, was dazugehörte.

Obgleich ich die Veränderung miterlebt hatte, war ich unangenehm berührt. Das ehemalige Gesicht des

Menschen sah einfach scheußlich aus. Es fiel mir auch schwer, daran zu glauben, daß dieser Mann einmal zu den Menschen gezählt hatte, denn vor mir kniete ein Monster.

Keine Nase mehr, die sich vom Mund absetzte. Aus beidem war die vorstehende Schnauze gewachsen, über der die beiden bösen Augen wie gefärbtes Glas funkelten. Sie waren einzig und allein auf mich fixiert, und in der offenen Schnauze tanzte die lange Zunge zwischen den hellen Zähnen hin und her.

Einer wie er zählte zur Ausgeburt an Häßlichkeit. Der Werwolf war einfach widerlich. Ich konnte Menschen nicht begreifen, die so etwas wie ihn als faszinierend ansahen. Und von ihm strahlte mir etwas entgegen.

Ich erlebte es als Haß und pure Feindschaft, verstrickt in einer wahren Lust am Töten.

Der Werwolf tat noch nichts. Wahrscheinlich hatte er nicht damit gerechnet, so bald auf einen Menschen zu treffen, der für ihn ein Opfer war, denn nun konnte er dem Trieb freie Bahn lassen. Der Haß gloste weiter. Er zitterte. Sein Kopf bewegte sich von einer Seite zur anderen, aber er behielt mich immer im Blick.

Ich zielte auf seinen Kopf. Es hätte wahrscheinlich nur einer Kugel bedurft, und das Problem wäre aus der Welt geschafft worden. Daß ich nicht schoß, darüber wunderte ich mich selbst. Ich stand auf der Stelle, hielt mich fast an der Beretta fest, berührte auch mit dem Zeigefinger den Abzug, aber ich schoß noch nicht.

Den Grund konnte ich selbst nicht sagen. Es war wirklich keine Rücksichtnahme in einem besonderen Sinn, es war einfach etwas anderes, das mich hinderte.

Es lag sicherlich an mir. Ich brauchte einen Grund.

Einen Angriff auf mich, aber es konnte auch sein, daß mich der Schatten des Götterwolfs daran hinderte.

Es war schon seltsam, wie wir uns anstarrten. Wir tasteten uns ab. Ein jeder wollte herausfinden, was der andere dachte. Vielleicht die Gedanken des anderen lesen.

Das Kreuz hing noch vor meiner Brust. Auch es gehörte zu den Waffen, denen eine Gestalt wie der Werwolf nichts entgegensetzen konnte. Ich ließ es trotzdem stecken und wartete darauf, was die Bestie als nächstes unternahm.

Sie stand auf.

Eine fließende Bewegung. Tatsächlich geschmeidig wie die eines echten Tieres. Es gab bei dem Mann keine Hände mehr, auch keine normalen Füße. Er war zum grausamen Tier geworden. Anstelle der Finger waren ihm Krallen gewachsen, mit denen er die Haut eines Menschen wie dünnes Papier aufreißen konnte.

Da er sich zu voller Größe aufgerichtet hatte, sah ich ihn vom Kopf bis zu den Füßen.

Nein, etwas Menschliches war bei ihm nicht zurückgeblieben. Der Mann hatte sich in die brutale Bestie verwandelt und würde den alten Regeln folgen. Opfer suchen, sie anfallen, sie mit dem Keim des Wolfes infizieren, um sie so in die Phalanx der Bestien einzureihen. Ich wußte nicht, wie viele Unschuldige ihm schon zum Opfer gefallen waren. Bei dem Zeugen mußte man sagen, daß er glücklicherweise gestorben war, so war ihm ein schlimmeres Schicksal erspart geblieben. Auch als er sich aufgerichtet hatte, blieb er irgendwie geduckt, mit leicht gekrümmten Rücken und auch sprungbereit. Wenn er es schaffte und dabei seine gesamte Kraft einsetzte, würde er mich mit einem Sprung erreichen können.

Zwischen seinen Zähnen hing hell schimmernder Geifer an langen Fäden. Das Zeug sah ich auch als Schaum um die Schnauze herum. Ich hob die Waffe so weit an, daß sie auf seine Brust zielte. Der Kopf war mir in diesem Moment einfach ein zu kleines Ziel.

Von dem Mond hatte sich der Schatten des Götterwolfs gehalten. Als wollte er Zeuge dessen sein, was sich in den nächsten Sekunden abspielte. Oder würde er seinem Geschöpf zu Hilfe eilen?

Etwas störte mich.

Es war nicht die Anwesenheit des Götterwolfs. Das ungute Gefühl in meinem Innern war durch etwas anderes entstanden. Obwohl ich darüber nachdachte, fand ich keine Lösung. Aber mir war klar, daß sich in meiner Nähe etwas verändert hatte.

Spinnen mit dünnen Beinen waren es sicherlich nicht, die über meinen Rücken krochen. Nur stimmte der Vergleich, und ich faßte es als eine Warnung auf.

Genau in diesem Augenblick hörte ich das leise Lachen. Ein menschliches Lachen, das von einer Frau stammte.

»Willst du wirklich schießen, John?«

Auf diese Stimme hatte ich fast gewartet. Es hatte ja so kommen müssen. Die Bestie war nicht allein, denn ihr war eine bestimmte Person zur Hilfe geeilt.

Morgana Layton!

Es war nicht das erste Mal, daß Suko den Niederschlag nicht hatte vermeiden können, aber so viele Variationen es auch dabei gab, das Erwachen war immer gleich, und auch jetzt erlebte der Inspektor keine Veränderung, als sein Bewußtsein sich wieder aus der Tiefe löste, in die es hineingetaucht war.

Einfach war es nicht. Das Auftauchen war schon mit Problemen verbunden, und Suko spürte zuerst die Schmerzen im Kopf und dann die im Nacken.

Er kam nur sehr mühsam zu sich. Die normale Welt schälte sich mit ihren Eindrücken langsam hervor, und als erstes spürte er die Feuchtigkeit und natürlich auch die winterliche Kälte, die damit verbunden war. Er hatte auch Schwierigkeiten, sich zu bewegen. Das erste Rühren glich einem Zucken und nicht mehr.

Auf seinem Gesicht klebte irgend etwas fest. Ebenso auf den Lippen. Im Mund hatte sich ein bitterer Geschmack festgesetzt. Als Suko die Augen öffnete, sah er zunächst nichts. Er starrte nur hinein in die tiefe Schattenwelt, die ihn umgab.

Den linken Arm hob er zuerst an. Ein kleiner Erfolg. Er stellte fest, daß er nicht gelähmt war. Als er ihn nach links bewegte, klatschte seine flache Hand gegen ein Hindernis. Der Aufprall hinterließ ein leichtes Dröhnen, dann rutschte die Hand wieder nach unten.

Bei der Bewegung blieb es nicht, obwohl sich Suko noch nicht erhob. Seine Erinnerung kehrte zurück. Zusammen mit den Vorwürfen, denn er hatte sich überraschen lassen wie ein blutiger Anfänger.

Er hätte es wissen müssen, aber der andere war schneller gewesen. Suko ärgerte sich darüber, weil es ausgerechnet ihm passiert war, aber ändern konnte er es nicht mehr.

Er stellte fest, daß er neben seinem Rover lag. Ihn hatte er auch mit der ersten Handbewegung berührt.

Suko stand auf.

Das heißt, er versuchte es. Er stützte sich an dem Wagen. So schaffte er es dann, auf die Beine zu gelangen. Sein Hände lagen flach auf dem Autodach, über das er hinwegschaute, ohne etwas genau erkennen zu können, denn die Umgebung lag nach wie vor in tiefe Dunkelheit gepackt.

Er schloß die Augen. Suko konzentrierte sich darauf, was man ihm in seiner Jugend innerhalb des Klosters beigebracht hatte. Man muß gegen den Feind und gegen den inneren Schweinehund ankämpfen. Nur wer beides überwand, konnte im Leben bestehen.

Die innere Ruhe finden. Die Ausgeglichenheit, die Zufriedenheit. Mit sich und der Welt im reinen sein. Schmerzen ignorieren. Die neue Situation einfach so nehmen wie sie war.

Sein Körper und die innere Uhr mußten in einen Gleichklang gebracht werden. Erst dann war er wieder die Person, auf die es ihm ankam. Es klappte. Er drängte das Fremde in ihm zurück. Er wollte einzig und allein die Schwäche besiegen, weil er wußte, daß eine neue Aufgabe auf ihn wartete.

Es war auch wichtig, richtig zu atmen. Die kalte Luft saugte er in die Lungen, und bereits nach wenigen Sekunden merkte er, daß er dabei war, den Kampf zu gewinnen. Die Schmerzen im Kopf und in dessen näherer Umgebung waren für ihn der Feind, und den hatte er besiegt. Sie waren nicht verschwunden, er hatte sie zunächst einmal zurückgeschoben und traute sich erst jetzt, sich wieder zu bewegen.

Er hob die Hände vom Autodach weg und ging einen kleinen Schritt zurück. Ja, es klappte. Kein Schwindel erfaßte ihn. Er blieb auf den Beinen und ging auf die Kühlerhaube des Rovers zu.

Seine Sinne funktionierten wieder. Er wußte auch, wo er sich befand, und blickte die kurze Wegstrecke zurück, die er gekommen war. Dort wo der Wald aufhörte, war es heller gewesen, so erinnerte er sich. Auch jetzt malte sich die Öffnung dort ab, doch das

Licht wirkte nicht mehr so hell. Es schien einen Schatten erhalten zu haben, der sich über den Weg gelegt hatte.

In der anderen Richtung führte der Weg tiefer in den Wald hinein. Dort glich er einem finsteren Tunnel, der kein Ende zu nehmen schien. In diese Richtung war auch sein Freund John Sinclair verschwunden, und plötzlich fiel ihm alles wieder ein. Jetzt wußte er, weshalb er sich mitten in der Nacht an diesem einsamen Ort aufhielt. Es war darum gegangen, Wölfe oder Werwölfe zu jagen.

Suko wußte nicht, ob sie tatsächlich existieren, denn von einem Werwolf war er nicht niedergeschlagen worden. Die Gestalt, die das getan hatte, war ein Mensch aus Fleisch und Blut gewesen.

Ein Mensch in dunkler Lederkleidung und mit schwarzen Haaren. Gefährlich aussehend. Wie ein Schatten, der durch den Wald huschte und nichts Fremdes in seiner Welt duldete.

Geflohen war er sicherlich nicht. Suko ging auch jetzt davon aus, daß er sich im Wald verborgen hielt. Er stellte sich die Frage, warum ihn der andere nur niedergeschlagen und nicht getötet hatte. Vielleicht hatte er nach der Verwandlung zurückkehren wollen. Der Gedanke ließ Suko nicht los. Hatte er es doch mit einem Werwolf zu tun gehabt, auch wenn sich die Bestie in ihrer menschlichen Gestalt gezeigt hatte?

Sie wollte Menschen. Sie wollte Opfer. Sie mußte dem alten Fluch folgen.

Da glichen Werwölfe ihren Verwandten, den Vampiren. Sie wollten Menschen. Und zu den Menschen gehörte auch John Sinclair.

Wieder regte der Gedanke an seinen Freund Suko auf. Von John war nichts zu sehen. Mit diesem Jäger war er zu einer Lichtung im Wald gegangen, wo sich angeblich die Wölfe aufhalten sollten.

Der Weg hier führte tief in den Wald hinein. Suko war überzeugt, daß er über ihn auch auf die Lichtung gelangen würde oder zumindest in deren Nähe.

Er konnte zwar mit John Kontakt aufnehmen – das schmale Gerät steckte in seiner rechten Tasche –, doch das ließ er bleiben. Er gehorchte dabei einer inneren Stimme, die ihn davor warnte.

Nach wie vor umgab ihn Stille. Sie war wie ein Tuch, das über der Landschaft hing und kein anderes Geräusch mehr durchließ. Aber das änderte sich.

Suko schreckte zusammen, als er das unheimliche Heulen und Klagen hörte. Es war vor ihm im Wald aufgeklungen und fand seinen Weg durch die Lücken zwischen den Bäumen und Büschen bis an seine Ohren, die nichts anderes mehr wahrnahmen, als das unheimliche Jaulen und Klagen.

Suko hatte Erfahrung genug, um zu wissen, daß diese Laute nicht von einem normalen Tier stammten. Wer da so schrecklich heulte, mußte einfach ein Werwolf sein.

Er konnte nur lauschen. Es war möglich, daß der heulende Wolf eine Botschaft geben wollte, um andere zu wecken, doch die unheimlich klingenden Töne wurden von keiner anderen Gestalt im Wald erwidert.

Sie blieben nicht gleich. Sie sanken mal ab, glitten dann wieder in die hohen Tonlagen und schwangen als Jammern durch den Wald, als wollten sie ihn in Besitz nehmen.

Und sie sackten ab ...

Klangen aus mit letzten, schon ängstlichen Schreien, die schließlich in der Dunkelheit versickerten.

Es war vorbei.

Die Stille kehrte zurück.

Suko konnte damit nicht zufrieden sein. Die Stille kam ihm längst nicht mehr so vor wie noch bei seinem Erwachen. Diesmal wußte er, daß sich darin etwas versteckte, das möglicherweise erst durch das Licht des Tages sichtbar gemacht wurde, wenn überhaupt.

Suko hatte vorgehabt, den Weg zur Lichtung zu suchen. Als das Heulen erklungen war, hatte er sich nicht mehr bewegt. Als er jetzt schaute, stellte er fest, daß er sich einige Meter von der Kühlerhaube des Rovers entfernt hatte und mitten auf dem Waldweg stand.

Hinter ihm zeichnete sich der Beginn und damit auch das schwache Mondlicht ab, das wie ein helles Tor wirkte. Vor ihm lauerte die Dunkelheit wie ein gewaltiges Schattentier, das die gesamte Welt hier umspannt hatte.

Er mußte gehen. Es gab einfach nur den Weg nach vorn. Alles andere hatte keinen Sinn, und so gab er sich den nötigen innerlichen Ruck, um zu seinem neuen Ziel zu gelangen.

In Suko war ein innerer Motor eingeschaltet worden. Es war einfach die Sorge um die nahe Zukunft und zugleich die Sorge um seinen Freund John Sinclair ...

Ich sah sie nicht, aber die Stimme hatte ausgereicht. Wer sich da hinter meinem Rücken aufhielt, war Morgana Layton, daran gab es nichts zu rütteln. Auch sie war als zweiter Joker mit im Spiel. Ich hätte trotzdem schießen können, doch ich hielt mich zurück, weil ich nicht wußte, welche Folgen es für mich gehabt hätte.

Morgana stand auf der anderen Seite. Sie würde es nie zulassen, daß eine ihrer Kreaturen starb.

»Überrascht, John?«

Ich zuckte mit den Schultern.

»Gib es zu!«

»Ja«, sagte ich. »Mit dir hätte ich nicht gerechnet, aber ich weiß, daß du immer dann erscheinst, wenn man nicht an dich denkt. Das ist eben so, und es wird auch immer so bleiben, denke ich.«

»Sehr gut, John.«

Ich sah es nicht, doch ich merkte, daß sich hinter mir etwas bewegte. Ein Windzug glitt an mir vorbei. Ohne die Haltung zu verändern, schielte ich nach rechts, so daß ich sah, wie sich Morgana vom Dunkel der Lichtung abhob.

Sie hatte sich nicht verändert. Sie war alterslos geblieben. Noch immer trug sie ihr Haar lang. Es war rötlichbraun, das wußte ich. Jetzt sah es einfach nur dunkel aus.

Aus dem Haar hervor schälte sich ihr Gesicht. Fein geschnitten. Wer sie sah, wäre nicht auf den Gedanken gekommen, eine Werwölfin vor sich zu sehen. Diese Frau schaffte es, sich perfekt zu tarnen. Der Begriff Menschwölfin traf bei ihr hundertprozentig zu.

Bekleidet war sie mit einem umhangähnlichen Kleid, das fast bis zu den Füßen reichte.

Sie blieb schräg vor mir stehen, etwa in Höhe des Werwolfs, und sie deutete mit einer Hand gegen den Himmel. »Er ist unser Wächter, John. Daran siehst du, welch eine Macht sich hier versammelt hat. Ich denke nicht, daß du gegen uns ankämpfen willst.«

»Bleibt mir etwas anderes übrig?«

Vor der Antwort stöhnte sie leicht auf. »Ich kenne

dich, und ich weiß, daß du so reden mußt, John. Aber ich frage mich auch, warum ich dich nicht schon längst getötet habe.«

»Richtig, Morgana, denn das gleiche frage ich dich. Warum habe ich dich nicht getötet?«

Sie lächelte mich an.

»Du hättest es tun können. Damals, im Schwarzwald. Erinnerst du dich?«

»Wie könnte ich das jemals vergessen, das weißt du genau. So etwas ist einschneidend. Aber ich bin ein Mensch, und Menschen machen manchmal Fehler.«

»Was auch gut ist.«

Ich wollte nicht näher darauf eingehen. »Was willst du genau, Morgana? Dich mit mir unterhalten? Das glaube ich nicht. Nein, dahinter steckt etwas anderes.«

»Kann sein. Ich habe auch nicht mit dir gerechnet, obwohl man das immer tun muß. Aber ich will nicht, daß mein Freund Tony Hogan stirbt. Ich brauche ihn noch.«

»Wofür?«

Sie lachte mich wieder an. »Das werde ich dir nicht sagen. Ich sehe dir an, wie es in dir arbeitet. Jetzt wünschst du dir, daß du mich damals am Galgen hättest hängen lassen. Ich existiere noch immer. Schau zum Himmel, dann weißt du, wem ich es zu verdanken habe. Du hättest dich nicht einmischen sollen, John. Wir wären mit diesem Jäger allein fertig geworden. Du hast dich auf seine Seite gestellt, obwohl er ein schlechter Mensch ist.«

»Das mag schon sein!« stimmte ich ihr zu. »Aber er ist immerhin ein Mensch.«

»Na und?«

»Das allein zählt.«

»Ich weiß, daß du so denkst. Das mußt du, denn du

bist ein Mensch. Ich habe es mir abgewöhnt, einer zu sein, und ich fühle mich wohl in meiner Haut.«

»Das kann ich nicht beurteilen. Verfolgst du noch immer deine großen Pläne?«

Sie hören nie auf.«

»Willst du die Vampire besiegen?«

»Man kann sie nicht besiegen. Ich möchte nur die Vorherrschaft erhalten, und daran lasse ich mich nicht hindern. Auch nicht von dir, John Sinclair.«

»Dann mußt du versuchen, mich zu töten.«

Sie hob ihre Arme. »Ja, das kann wohl sein. Aber es würde mir etwas leid tun, wenn ich ehrlich bin. Es würde mir auf der anderen Seite auch nichts ausmachen, nur gibt es bestimmte Situationen, in denen man nachdenken sollte.«

»Das sagst du als Werwölfin?«

»Ach. Bin ich das wirklich? Ist es nicht so, daß noch viel Menschliches in mir steckt?«

»Das mußt du selbst wissen.«

»Keine Sorge, John. Es ist noch vorhanden. Und der Mensch in mir ist zugleich der Taktiker, der dafür sorgt, daß die Gefühle in die richtigen Kanäle gelenkt werden.«

»Wie sieht dein Plan aus?« fragte ich leise. »Du hast mir doch nicht grundlos soviel erzählt?«

»Nein, das nicht. Aber ich will auch nicht, daß du ihn störst. Wir können es jetzt und hier austragen oder uns trennen. Dann wirst du mich meinen Weg gehen lassen und dich nicht um mich kümmern. Bei mir stehen alte Rechnungen offen.«

»Dracula II, nicht?«

»Du hast es erfaßt.«

»Steht Assunga auch auf deiner Liste?«

»Wie könnte ich sie je vergessen.«

»Und die ist dabei, dir eine Truppe aufzubauen, zu der auch dieser Tony Hogan gehört?«

»So ist es.«

»Aber du wirst nicht stark genug sein, Morgana. Du kennst dich selbst, und du weißt auch, daß jemand wie Dracula II seine Diener besser organisiert hat.«

Diese Antwort hatte ihr nicht gefallen. Obwohl es in der Dunkelheit nicht so gut zu erkennen war, sah ich das Zucken auf ihrem Gesicht. Sie schüttelte auch den Kopf und flüsterte mit scharfer Stimme: »Es wird eine Zeit kommen, wo ich siege. Nun steht es unentschieden, aber ich gebe nicht auf. Ich habe in Tony einen guten Helfer. Er weiß, welchen Weg er gehen muß, und er wird derjenige sein, der sich um die anderen kümmert. Ich sage dir, daß ich meine Armee bald zusammen haben werde. Dabei ist Tony so etwas wie die Speerspitze.«

»Ich könnte mit einer Kugel alles zunichte machen, Morgana!«

»Trau dich, John!«

Sollte ich? Sollte ich nicht? Ich zögerte. Ihre Stimme hatte verdammt sicher geklungen. Morgana war keine Blufferin. Sie hielt noch immer einen Trumpf in der Hinterhand. Um die vier erschossenen Wölfe und um den toten Winston Taylor kümmerte sie sich nicht. Es kam ihr auf Tony Hogan an, zu dem sie auch hinging und dicht neben ihm stehenblieb. So dicht, daß sie einen Arm um ihn legen konnte.

Es war ein menschlicher Arm. Sie sah auf keinen Fall aus wie eine Werwölfin, doch auch das konnte sich schnell ändern. Ich hatte es leider erleben müssen, und dabei war ich einmal in sie verliebt gewesen, doch das lag Lichtjahre zurück.

»Willst du nicht schießen?«

»Wartest du darauf?«

»Nein, ich finde das andere besser. Erinnerst du dich nicht daran, daß wir schon einmal Verbündete gewesen sind, John?«

»Schwach.«

»Hör auf zu lügen. Du weißt es sehr genau. Auch jetzt solltest du nachdenken.«

»Wo willst du Dracula II finden?«

»Den Weg kennst du.«

»Seine Vampirwelt?«

»Ja. Schau dir den Mond an. Er ist voll und reif. Es ist sein Licht, das uns stärkt.«

»Aber auch das der Vampire«, sagte ich.

»Nur bei Vollmond können wir siegen. Es gibt nur wenige Mächtige, die stärker sind als er. Einen siehst du: Fenris, der Götterwolf. Er schafft es, selbst das Licht des Mondes zu verdunkeln. Tony hat lernen müssen, was es heißt, ein Werwolf zu sein. Er hat gekämpft. Er hat überlebt, und er wird an meiner Seite bleiben, um gegen unsere Feinde zu kämpfen, auch gegen dich.«

»Du glaubst nicht, daß die Vampire es ebenfalls wissen?«

»Sollen sie doch«, sagte sie lachend und drückte sich noch näher an Tony heran. Sie beließ es nicht dabei, ihn nur anzufassen. Morgana schob sich zwischen Tony und mich. Ich schaute dabei auf ihren Rücken und wurde Zeuge eines Vorfalls, der für mich nicht nachvollziehbar war.

Morgana küßte die Bestie!

Sie legte dabei beide Hände auf die Schultern. Sie stützte sich so ab und drängte sich an ihn, während ihre Lippen über seinen häßlichen Kopf glitten.

Es schien der Bestie zu gefallen. Ich hörte, wie sie zu

heulen begann. Diesmal nicht aus Schmerz, es war mehr ein Laut, der darauf schließen ließ, wie wohl er sich fühlte. Der Werwolf genoß die Zärtlichkeiten seiner Herrin, und ich schaute zu.

Verdammt, warum tat ich das? Warum schoß ich nicht? Was hinderte mich daran? Lag es wirklich nur an Morgana Layton und an unserem Verhältnis zueinander? Steckte da noch ein Rest Sympathie in mir? Dachte ich unterbewußt wirklich zu sehr an die längst vergangenen Zeiten, in denen ich Morgana falsch eingeschätzt hatte?

Sie jedenfalls verschwendete daran keinen Gedanken mehr und befaßte sich auch weiterhin mit der Bestie.

Urplötzlich ließ sie ihn los. Sprang zurück und drehte sich wieder herum. Sie lächelte, ihr Gesicht schimmerte naß, und die Augen leuchteten mir kalt entgegen.

»Weißt du nun, daß ich ihn beschützen werde?«

»Das hatte ich mir schon vorher gedacht.«

»Er würde auch alles für mich tun.«

»Einer wie Tony braucht Blut«, flüsterte ich. »Er wird von einem Trieb geleitet, den auch du nicht in andere Bahnen lenken kannst. Es ist der Trieb, andere zu töten. Wie immer dein Plan auch aussehen mag, ich kann es nicht zulassen, daß er auf die Suche nach Menschen geht. Du kennst mich, du mußt mich verstehen.«

»Was willst du?«

»Das!« sagte ich und schoß ...

Die Entfernung war ideal. Auch bei noch schlechteren Lichtverhältnissen hätte ich die Gestalt des Werwolfs nicht verfehlen können. Ich traf auch – aber es passierte nichts mit ihm.

Die Kugel schlug hindurch!

Ich hatte noch ein leichtes Blitzen gesehen, das war alles gewesen. Zugleich war es dunkler geworden, denn als sich die Kugel auf dem Weg befunden hatte, war ein Schatten auf die Lichtung gefallen. Wie eine plötzlich hereinbrechende Mondfinsternis, und dies alles war innerhalb einer Sekunde passiert.

Bevor ich zu einem zweiten Schuß kam, spürte ich den Ansturm aus dem Unsichtbaren. Es war mir, als wäre ich von einem gewaltigen Schlag getroffen worden. Ich taumelte zurück, riß die Arme hoch und spürte dabei ein heißes Brennen auf der Brust, als wollte sich mein Kreuz mit den Umrissen in die Haut eingraben.

Es entwickelte eine Gegenmagie. Ohne sie wäre ich verloren gewesen. So aber lebte ich noch und fand mich auf dem Boden und auf dem Rücken liegend wieder.

Mein Blick glitt in die Höhe. Ich tat es nicht einmal bewußt, aber ich sah, was sich dort abspielte.

Die Gestalt des Götterwolfs hatte sich für einen Augenblick gelöst und eingegriffen. Die Lichtung stand unter seiner Kontrolle. Ein riesiges Tier schwebte über mir. Es sah nicht mehr schwarz aus, sondern schimmerte silbern und rötlich zugleich. Es machte mir Angst. Die gewaltige, weit offenstehende Schnauze. Hinzu kamen die Krallen, die aussahen, als wären sie mit silbernen Nägeln bestückt. All das sorgte dafür, daß ich unfähig war, mich zu bewegen.

Aber ich hatte auch das Kreuz.

Es schützte mich. Es war kein Licht, das dem Götterwolf entgegenstrahlte, doch er spürte den unsichtbaren Schutz sehr deutlich und zog sich zurück.

Eine andere Möglichkeit konnte ich mir nicht vorstellen. Ob er wirklich nur ein Schatten war, wußte ich auch nicht, als er wieder verschwand. Mit heftigen und auch zuckenden Bewegungen zog er sich zurück und jagte hinein in den dunklen Himmel und dabei wieder auf den Kreis des Mondes zu.

Nicht allein.

Zwei seiner Helfer waren bei ihm. Morgana Layton und auch dieser Tony Hogan. Ob sie zu Schattenwesen geworden waren oder als stoffliche Gestalten über mir schwebten, war aus meiner Distanz nicht zu erkennen. Ich ging davon aus, daß jemand wie Fenris sich in seiner Dimension aufhielt, in die er nach dem kurzen Ausflug auch wieder zurückgekehrt war.

Das Bild blieb noch für eine Weile, bevor es verblaßte. Die drei Gestalten lösten sich auf. Zurück blieb nur der kalte Mond, dessen Kraft die Bestien für sich ausgenutzt hatten.

Obwohl ich mich nicht so matt fühlte, kam ich mir wie ein Geschlagener vor. Ich hatte eine Niederlage erlitten. Ich hatte die geweihte Silberkugel abgefeuert, doch das Ziel nicht getroffen. Zumindest nicht so, daß es vernichtet war.

Ich setzte mich hin und bewegte mich nicht. Als einzig Lebender auf dieser vom Mondschein erfüllten Lichtung, durchweht von den trüben Gedanken des Verlierers.

Werwölfe verbreiteten unter den Menschen Angst und Terror. Ich war angetreten, um beides zu stoppen, und hatte erkennen müssen, daß der Götterwolf stärker war.

Er war mein Feind. Die Feindschaft würde sich noch verstärken, und auch Morgana würde mich jetzt mit anderen Augen ansehen. Wenn alles richtig gelaufen war, dann gab es das schmale Band zwischen uns nicht mehr.

Es war möglicherweise falsch gewesen, auf Hogan zu schießen, da hatte ich nicht intensiv genug nachgedacht. Aber ich hatte mich auch nicht vor Morganas Karren spannen lassen wollen, weil ich aus Erfahrung wußte, wieviel Unheil diese Bestien schon über Menschen gebracht hatten. Jedenfalls war die Spur zunächst gerissen.

Mit diesem Gedanken stand ich auf und hörte erst dann die dumpfen Schritte hinter mir.

Mit der Waffe im Anschlag fuhr ich herum – und ließ sie sehr schnell wieder sinken, denn es war Suko, auf den ich die Mündung gerichtet hatte. Er kam etwas schwankend auf mich zu und meinte: »Da bin ich wohl zu spät gekommen, John.«

Müde winkte ich ab. »Das spielt jetzt auch keine Rolle mehr . . .«

Mochte die Lichtung auch noch so in eine dunkle und unheimliche Stelle des Waldes eingebettet sein, das würde sich in der nächsten Zeit ändern, denn ich hatte über Handy die Mordkommission bestellt und erst dann erfahren, wie es Suko ergangen war.

»Meine Güte, weißt du, wieviel Glück du gehabt hast?« fragte ich ihn.

»Du nicht auch?«

»Ja.« Ich schaute ins Leere. »Das habe ich tatsächlich. Ich denke, daß ich mich bei meinem Kreuz bedanken kann. Dennoch, Suko. Wäre Tony Hogan schon ein Wolf gewesen, hätte er dir nicht die geringste Chance gelassen, das ist sicher.«

Suko ging hin und hob die Kleidungsstücke hoch, bevor er sie wegschleuderte. »Das genau hat er getragen, und jetzt ist er eine Bestie und in der anderen Dimension verschwunden. In der Werwolf-Welt.« Er schüttelte den Kopf. »Glaubst du daran, John?«

»Kannst du das Gegenteil beweisen?«

»Nein.«

»Dann lassen wir es offen.«

»Okay, zunächst.« Er preßte seine Hände gegen die Stirn und schloß für eine Weile die Augen, denn so fit war er noch nicht. Schließlich sagte er: »Falls es dich tröstet, Alter, ich hätte an deiner Stelle wohl nicht anders gehandelt. Da sitzt mir das Hemd näher als die Jacke. Du hättest nicht wissen können, was passiert, und daß Fenris genau in diesem Augenblick seine Macht ausspielt, wo er sich zuvor immer stark zurückgehalten und den Aufpasser am Himmel gespielt hat. Es ist sowieso ein Zufall, daß wir auf die Spur gestoßen sind. Mag Taylor gewesen sein, wie er will, ohne ihn hätten wir es nicht geschafft.«

»Das scheint auch Morgana so gesehen zu haben. Jedenfalls will sie noch immer die Macht. Erst die Vampire, dann die Menschen. Doch wer sich ihr als Mensch in den Weg stellt, wird ebenfalls zu einem Opfer werden, das steht auch fest. Da geht sie über Leichen. Ich kann mir auch denken, warum sie sich ausgerechnet diese Lichtung ausgesucht hat.«

»Warum denn?«

»Gerade weil sie so versteckt liegt, ist sie für die Premiere wie geschaffen.«

»Meinst du Hogan?«

»Klar, wen sonst. Für ihn ist es die ausgesprochene

Premiere gewesen. Er war noch kein Wolf. In ihm steckte nur der Keim, vermutlich von Morgana übertragen. Erst auf der Lichtung hier ist er zu dem geworden, was sie als ihr Geschöpf ansieht. Wir kennen die Regeln. Niemand braucht sie uns zu sagen.«

»Ja. Und es wird weitergehen. Wir sind nicht aus dem Spiel. Ich habe bei Tony eine Rechnung offen.«

»Wer ist er?« fragte ich leise.

»Wie meinst du das?«

»Abgesehen davon, daß er unsere einzige Spur ist, müssen wir uns um ihn kümmern. Es ist unser Vorteil, daß wir seinen Namen kennen. Und jeder Mensch hat eine Vergangenheit. Da wird auch Tony Hogan keine Ausnahme machen.«

»Aber bitte nicht heute nacht.«

»Nein, da werden wir andere Dinge zu tun haben. Was meinst du, wie sich die Kollegen der Mordkommission freuen, wenn sie uns hier treffen. Die müssen sich durch den Wald wühlen und ...«

Suko unterbrach mich. »Sag mal, was waren das eigentlich für Wölfe? Normale oder ...«

Jetzt unterbrach ich ihn. »Normale Tiere, Suko. Frag mich nicht, weshalb sie sich hier auf der Lichtung versammelt haben. Ich kann es dir nicht sagen. Vielleicht waren sie bestellt, um ihn zu schützen.«

»Und wer war dieser Zeuge, der starb? Hat dir Winston Taylor seinen Namen gesagt?«

»Ja.«

»Weißt du, John, ich mache mir nur Gedanken darüber, warum gerade er von den Wölfen angefallen wurde. Wie ich die Dinge sehe, muß es ein Motiv gegeben haben. Wir sollten auch in diese Richtung hin forschen. Ich glaube nämlich nicht, daß sie sich die Menschen willkürlich ausgesucht haben.«

Nein, daran glaubte ich auch nicht. Aber es war schwer, den Plan der Menschwölfin zu durchschauen. Ich kannte Morgana gut genug. Sie war ein raffiniertes Luder, das gern im Hintergrund die Fäden in den Händen hielt.

»Wir lassen es darauf ankommen, Suko. Eine andere Frage. Wie geht es deinem Kopf?«

»Es ging ihm schon mal besser.«

»Brauchst du einen Arzt?«

Er schaute mich an, als wollte er mir ins Gesicht springen. Ich trat zurück und hob beide Hände. »War nur ein Scherz.«

»Klar. Besser wäre es, wenn Morgana Layton und dieser Tony Hogan nur ein Scherz gewesen wären.«

Ich hob die Schultern. »Du weißt selbst, daß wir es uns nicht aussuchen können.«

Mein Handy meldete sich. Der Chef der Mordkommission rief an. Er berichtete, daß er mit seiner Mannschaft den Beginn des Waldwegs erreicht hatte, und wollte wissen, wie es weiterging.

»Fahren Sie durch bis zum Ende. Danach müssen Sie sich leider querbeet in die Büsche schlagen. Dann können Sie die Lichtung nicht verfehlen.«

»Ist gut, wir sehen uns dann.«

»Klar.«

Ich steckte das flache Telefon wieder weg. Dann passierte mir etwas sehr Menschliches. Ich gähnte lang und anhaltend.

•

Einige Stunden später. Es war noch dunkel, als ich in meiner Wohnung eintraf, und die Müdigkeit war auch nicht verschwunden. Das war eben menschlich. Ebenso wie meine innerliche Unruhe. Obwohl die vierte Morgenstunde beinahe schon vorbei war, ging ich zum Kühlschrank und holte mir eine Dose Bier. Ich hatte einen wahnsinnigen Durst, ließ mich in den Sessel fallen und trank.

In einigen Stunden wollten Suko und ich mit Sir James über den Fall reden. Dann mußten wir im Leben des Tony Hogan herumstochern und auch in dem des toten Zeugen, durch den der ganze Fall ins Rollen gekommen war. Ich würde später ins Büro gehen, nachdem ich hoffentlich ein wenig Schlaf bekommen hatte.

Die Dose Bier war fast leer, als das Telefon klingelte. In dieser nächtlichen Stille kam mir das Geräusch mehr als doppelt so laut vor. Zunächst hob ich nicht ab. Ich wunderte mich, wer mich um diese Zeit noch sprechen wollte.

Nach dem dritten Klingeln griff ich zum Hörer und kam nicht dazu, mich zu melden, denn die Frauenstimme war schneller. »Hi, John, du bist zu Hause.«

»Wo sonst, Morgana?«

Sie lachte. »Ja, die alten Gewohnheiten, ich weiß. Du hast sie nicht aufgegeben, das ist menschlich. Kann ich sehr gut verstehen, mein Lieber.«

»Muß ich dich als Mensch ansehen?«

»Warum nicht?«

»Sorry, aber nicht nach dem, was in dieser Nacht geschehen ist. Das sah sehr endgültig aus.«

»Es lag an dir.«

Diesmal lachte ich.»Nein, Morgana. Ich brauche dir nicht zu sagen, wer ich bin. Ich kann es nicht zulassen, daß Werwölfe frei herumlaufen und ihrem Trieb nachgehen. Du hast den Toten auf der Lichtung gesehen. Er ist zwar nicht von einem Werwolf angefallen worden, aber er wurde erschossen. Man fand die Waffe, und ich denke, daß sie einem gewissen Tony Hogan gehört hat.«

»Da hast du recht.«

»Dann hätte er auch mich erschossen?«

»Ja.«

»Aber ich lebe, Morgana. Wie du schon sagtest, du kennst mich. Ich glaube nicht, daß ich den Fall zu den Akten lege. Ich werde dranbleiben, und man trifft sich immer zweimal im Leben. Bei uns ist das sogar öfter eingetreten. Du hast gezeigt, daß wir auf verschiedenen Seiten stehen, und so wird es bleiben.«

»Schon gut, John. Ich wollte dir nur einen guten Rat geben. Jetzt merke ich, daß du nicht empfänglich dafür bist. Laß es trotzdem bleiben . . .«

Sie legte auf, und auch ich hielt den Hörer nicht länger in der Hand. Ich fragte mich, was sie mit dem Anruf bezweckt hatte. Sollte er eine Warnung gewesen sein?

Durchaus möglich, aber so etwas kannte ich, und da brauchte ich mir keine großen Sorgen zu machen. Die Bierdose war leer, und ich spürte auch die Müdigkeit, die sich in meinen Körper geschlichen hatte. Erstens kommt es anders und zweitens als man denkt, denn diesmal störte mich die Türklingel.

Für mich stand sofort fest, daß es Suko war. Kaum hatte ich die Tür geöffnet, fragte er: »Noch wach?«

»Jetzt schon. Was gibt's?«

»Erzähle ich dir in der Wohnung.«

»Okay.«

Suko fand seinen Platz mir gegenüber. Er schaute mich etwas lauernd an. »Ich glaube, es ist mir wie dir ergangen, John, ich konnte nicht schlafen. Shao ist auch wach geworden, und sie hat mir noch ein Naturheilmittel gegen meine Kopfschmerzen aufgebrüht.

Dann hatte sie die Idee, im Internet zu surfen, und ich habe zuvor beim Yard angerufen und den Namen des toten Zeugen herausgefunden.«

»Lob, Lob ...«

Er winkte ab. »Nicht so wichtig. Der Mann heißt Victor Freeman. Das ist wichtig, aber nicht so unbedingt relevant. Viel interessanter war sein Beruf.«

»Womit hat er denn sein Geld verdient?«

»Er war Kaufmann.«

Ich wiegte den Kopf. »Nun ja, das sind viele. So interessant scheint mir das nicht zu sein.«

»Nicht auf den ersten Blick, John. Auf den zweiten schon. Dieser Freeman hat sein Geld als Makler verdient. Nur kaufte und verkaufte er keine Häuser, zumindest keine normalen. Er handelte mit Burgen und Schlössern. Ob bewohnt oder unbewohnt, ich weiß es nicht, aber das hat mich schon aufhorchen lassen.«

Ich war zu dieser Stunde nicht mehr richtig in Form. »Warum denkst du darüber nach?«

»Könnte es nicht sein, daß sich eine gewisse Morgana Layton an ihn gewandt hat, um sich ein Schloß oder eine alte Burg zu kaufen, wo sie ungestört ist?«

Da fielen bei mir einige Geldstücke, und ich sah auch die Gänsehaut auf meinen Armen. Suko ließ mich in Ruhe. Nach einer Weile hörte er meine Antwort. »Nicht schlecht gedacht. Sie hat sich bei ihm ein Heim gekauft. Ein Quartier, um ungestört zu sein. Und nach dem Kauf hat sie den Mann dann beseitigen lassen.«

»So könnte es gelaufen sein.«

»Nicht schlecht gedacht.«

»Klar, John, und das zu dieser Zeit.« Suko stemmte sich in die Höhe. »Wir sollten uns darum kümmern und dem Büro des Maklers so rasch wie möglich einen Besuch abstatten.«

»Ich bin dabei.«

Er war schon an der Tür. »Dann wünschen wir uns noch ein paar Stunden Schlaf. Morgen ist auch noch ein Tag.«

»Heute, Suko, heute.«

Er winkte noch einmal und verließ meine Wohnung. Ich blieb auch in den folgenden Minuten sitzen. Das Gefühl der Müdigkeit hatte sich etwas zurückgezogen. Meine Gedanken kreisten um das, was Suko herausgefunden hatte.

Das konnte eine Spur sein. Morgana Layton brauchte einen Ort, wo sie und ihre Helfer nicht so leicht zu entdecken waren. Was lag da näher, sich in eine alte Burg oder in ein leeres Schloß zurückzuziehen? Womöglich noch in einer recht menschenleeren Gegend?

Für mich sah die Zukunft nicht mal so schlecht aus, und mit diesem Gedanken ging ich ins Bett.

Die Dose Bier hatte ausgereicht, um mich müde werden zu lassen, aber der richtige Schlaf wollte nicht kommen. Mir fielen zwar die Augen zu, doch tief hinein sank ich nicht in Morpheus' Arme. Mich plagten zudem wilde Träume.

Ich sah auf einem Berg eine alte Burg stehen, die von Werwölfen bewohnt war. Und ich sah mich in Ketten liegend. Von zwei Werwölfen gepackt und über die Mauer geworfen, wobei auf dem Turm Morgana Layton stand und lauthals lachte ...

Nicht nur das Aufstehen war eine Qual gewesen. Die nächste schloß sich gleich an. Da wir beweglich sein mußten, hatten wir den Rover genommen, um zum Yard zu fahren. Sir James wußte Bescheid, daß wir später kamen, aber daß es so spät wurde, damit hätten wir selbst nicht gerechnet, denn bei diesem windigen Nieselwetter schien sich in London alles zu stauen, was vier Räder besaß.

Gegen zehn Uhr erreichten wir dann Scotland Yard und fuhren hoch in unser Büro, wo Glenda natürlich längst anwesend war und sich der Tür entgegendrehte, als wir eintraten.

Mit der rechten Hand nahm sie die Brille mit dem roten Gestell ab und schaute zugleich auf die Uhr. »Neue Dienstzeiten, die Herren?«

»Ja«, sagte ich. »Ab heute.«

»Toll, dann kann ich auch später kommen.« Sie setzte die Brille wieder auf und lächelte hintergründig. »Ihr seht schlecht aus.« Kurze Pause. »Alle beide.«

»Kann man von dir nicht behaupten«, erwiderte ich.

»Ich treibe mich auch nicht in den Nächten herum. Und erst recht nicht mit Werwölfinnen. Nicht wahr, John . . .«

»Toll, Glenda. Wie du das sagst. Ist ja einmalig. Was willst du auch mit einer Wölfin? Und zweitens, woher weißt du, daß wir es mit ihr getrieben haben?«

»Tja, John.« Sie lächelte wieder und hob die Augenbrauen. »Das hier ist eine Behörde wie ein Geheimdienst. Hier bleibt auch nichts geheim.«

»Richtig. Hat Sir James sonst noch was gesagt?«

»Nur daß er euch sprechen will.«

»Aber erst nach dem Kaffee.«

Glenda deutete auf die Maschine. »Er steht schon länger. Ich kann nicht dafür garantieren, daß er so schmeckt wie immer. Aber daran seid ihr selbst schuld.« Sie deutete auf Suko und mich. »Hättet ihr nicht so lange geschlafen, wäre alles paletti gewesen.«

Ich wollte die Diskussion nicht noch einmal entfachen und schenkte mir die Tasse voll, die ich vom Regal genommen hatte. Zucker gehörte auch dazu. »Als ich umrührte, fragte ich: »Gibt es sonst noch etwas Neues, das wir wissen sollten?«

Glenda öffnete eine Schreibtischlade und holte eine mit Bonbons gefüllte Tüte hervor. »Hier, Vorbeuge gegen Husten und so weiter. Es ist eine Grippewelle angekündigt worden. Ich kann mir das Kranksein nicht erlauben, sage ich mal.«

»Wirf mal eines rüber«, sagte Suko.

Er bekam sein Bonbon. »Was ist mit dir, John?«

»Ich habe den Kaffee.«

»Wehe, wenn ich Klagen höre.«

»Alles klar, Mum.«

Sie streckte mir die Zunge heraus, und ich stellte die fast leere Tasse wieder weg. Danach machten wir uns auf den Weg zu Sir James, der uns zwar empfing, sich allerdings hütete, uns die Hand zur Begrüßung zu reichen. »Bitte, machen Sie es kurz. Ich glaube, es hat mich erwischt. Seit der letzten Nacht hat es mich erwischt. Ich habe das Gefühl, daß der Kopf um das Doppelte gewachsen ist. Husten, Schnupfen, aber noch kein Fieber.«

»Sie hätten sich an Glenda wenden sollen, Sir«, sagte Suko.

»Ach, warum das?«

»Sie verteilt gern Hustenbonbons.«

»Das ist jetzt auch zu spät.« Er atmete tief durch,

nahm die Brille ab und rieb über seine Augen, die mir leicht geschwollen vorkamen. »So, im Prinzip weiß ich ja Bescheid durch den morgendlichen Anruf, Suko. Hat sich etwas Neues ergeben?«

»Nein.«

»Das ist gut so«, sagte Sir James. »Dann können wir uns um die Firma kümmern, die mal einem gewissen Victor Freeman gehört hat.«

Ich stellte eine Zwischenfrage. »Gibt es die noch?«

Sir James nickte. »Ja, ich habe Erkundigungen eingezogen. Die Firma existiert. Ich weiß zwar nicht, wer sie jetzt leitet, aber das Telefon ist noch besetzt. Es hat sich eine gewisse Denise Brown gemeldet. Sie ist keine Chefin, sondern hat für Victor Freeman als Sekretärin gearbeitet und wickelt wohl zusammen mit einem Treuhänder die letzten Dinge ab. Ende der Woche soll der Laden dann endgültig geschlossen werden. Er steht dann zum Verkauf.«

»Wo müssen wir hin?« fragte ich.

»Seine Büros liegen im Zeitungsviertel an der Waterfront. Tudor Street Nummer zehn.«

Damit konnten wir etwas anfangen. Trotz seiner beginnenden Krankheit wollte Sir James uns noch nicht entlassen. Ich kam nicht daran vorbei, ihm die gesamte Geschichte zu erzählen. Während des Berichts vergaß er seine Erkältung und hüstelte nicht einmal. Daß wir einen Kommentar von ihm erwarteten, lag auf der Hand, und er scheute sich auch nicht. »Ich glaube, daß Sie beide tatsächlich die einzige Spur gefunden haben, die Sie weiter bringt.«

»Der Meinung sind wir auch, Sir.«

»Morgana wird ein Quartier gekauft haben.«

Ich nickte. »Dann hoffe ich nur, daß wir über diese Denise Brown an die Unterlagen herankommen und der Anwalt oder Treuhänder nicht schon alles eingepackt hat.«

Sir James zog die Nase hoch und schlug mit beiden Händen auf seinen Schreibtisch. »Okay, dann kann ich Ihnen nur viel Glück wünschen. Halten Sie mich auf dem laufenden.«

Wir standen auf. »Geht klar.« Ich grinste Sir James an. »Pflegen Sie die Erkältung. Am besten im Bett. Gut sind auch Spaziergänge an der frischen Luft ...«

Der Superintendent zog ein säuerliches Gesicht. »Haben Sie vorhin nicht etwas von Hustenbonbons gesagt, John?«

»Ja, aber trauen Sie einer Frau?«

»Jetzt aber weg!«

Wir lachten, als wir das Büro verließen. Auf dem Flur kam uns Glenda entgegen. Unter den Arm hatte sie eine Unterschriftenmappe geklemmt. »Alles klar?«

»Mehr als das.«

Skeptisch schaute sie mich an. »Was steckt denn nun wirklich dahinter?«

»Sir James hat es erwischt«, sagte Suko. »Und er ist ganz scharf auf deine Hustenpillen.«

Glenda Perkins wußte nicht, ob wir sie auf den Arm nehmen wollten oder nicht. Bevor sie sich eine Antwort zurechtlegen konnte, hatten wir bereits den Lift erreicht und stiegen ein. Das letzte, was wir von ihr hörten, war das Wort »Unverschämtheit«. Wenig später fuhren wir nach unten, und das Lächeln verschwand aus unseren Gesichtern, als hätte jeder von uns eine Vorahnung gehabt.

Ich hatte Morganas Anruf und die damit verbundene Warnung nicht vergessen und fragte mich, ob sie nicht schon längst wußte, daß wir die Spur aufgenommen hatten. Zuzutrauen war es ihr ...

Um in der Tudor Street überhaupt parken zu können, hatten wir uns an einen uniformierten Kollegen gewandt, der auf den Rover achtgeben sollte, obwohl er schräg und mit der vorderen Hälfte auf dem Gehsteig stand. Sollte er andere Fahrer behindern, wollte ihn der Kollege zur Seite fahren, denn freie Plätze gab es nicht.

Das Büro lag in einem alten Haus, das zur Straße paßte, denn es war im Tudor Stil errichtet worden. Das Eingangsportal wurde links und rechts von Säulen gehalten. Im Innern sah es weniger historisch aus. Da roch es nach Zukunft und High Tech, zumindest was die Anmeldung anbetraf. Sie war kreisförmig angelegt und bildete einen Mittelpunkt auf einem Fußboden aus hellem Marmor. Im Kreis arbeiteten zwei Mitarbeiter, die sich auf Monitor und Computer verlassen konnten. Im Hintergrund sahen wir eine Besucherecke, eine Sitzgruppe aus vier Sesseln, die allesamt mit knallrotem Leder bezogen waren.

Ich wandte mich an die weibliche Mitarbeiterin. Eine Blondine, die als Kontrast zu ihren Haaren eine Brille mit schwarzem Gestell trug. Sie war so glatt, so freundlich, konnte wunderbar lächeln und war für den Job wie geschaffen. »Sie wünschen?«

»Die Firma Freeman ...«

Sie ließ mich nicht ausreden und hob beide Hände. »Sorry, da haben Sie Pech. Wie mir bekannt ist, steht die Firma in der Auflösung, um dann verkauft zu werden. Mr. Freeman ist auf tragische Art und Weise ums Leben gekommen ...«

»Das wissen wir«, sagte ich. »Zu ihm möchten wir auch nicht. Es gibt noch eine Denise Brown.«

Die Blonde behielt ihre Freundlichkeit bei. »Mrs. Brown wird wohl kaum in der Lage sein, die

Geschäfte ihres Chefs weiterzuführen. Ich denke, daß Sie da schon Abstriche machen müssen. Soviel mir bekannt ist, empfängt sie keine Besucher. Mit Kunden hat sie nichts mehr zu tun.«

»Wir wollen auch nichts kaufen«, sagte Suko, »sondern nur mit ihr reden.« Er hielt in einer Hand seinen Ausweis.

Blondie warf nur einen knappen Blick darauf. Dabei atmete sie tief ein. »Ist schon gut. Ich weiß Bescheid.«

»Kennen Sie diese Dokumente?«

»Ich sehe Polizeiausweise nicht zum erstenmal«, erklärte sie uns. »Sie müssen hoch in die dritte Etage. »Soll ich Sie anmelden?«

»Nein, das ist nicht nötig«, sagte ich. »Auch bitte nicht hinter unserem Rücken.«

»Was denken Sie!« empörte sie sich.

»Manchmal das richtige.« Ich grinste sie an, bevor ich mich abwandte und zu einem der beiden Aufzüge ging.

Suko holte mich ein, und wir betraten gemeinsam die Kabine, in der wir von Musik beschallt wurden. Weich fuhr uns der Lift in die Höhe und stoppte in der dritten Etage. Ein breiter Flur mit Stuckdecke über unseren Köpfen bot viel Platz. Es war eine warme Atmosphäre. Hier hatte man nichts umgebaut und modernisiert. Die Türen der Büros bestanden aus poliertem Holz, das Licht war gedämpft. Hinweisschilder wiesen auf die verschiedenen Firmen hin, die hier ihren Sitz hatten.

Auch die Firma Freeman war vertreten. Da wies der schlichte Pfeil nach links. Es war kaum etwas zu hören. Arbeiten hinter verschlossenen Türen. Keine Stimme, kein Klingeln der Telefone.

Normalerweise klopft man an, wenn man ein fremdes Büro betritt. Hier war das zwar möglich, aber der Besucher wurde durch das Vorhandensein einer Klingel direkt auf die andere Möglichkeit hingewiesen. So etwas hatte ich bisher nur in Hotels erlebt.

Suko klingelte. Eine Stimme fragte nicht nach unseren Wünschen, die Tür konnten wir öffnen, als das leise Summen erklang. Im Allerheiligsten standen wir zwar nicht, dafür aber in einem geräumigen Vorzimmer, das durch den beigen Teppichboden und auch durch seine Einrichtung mehr wie ein Wohnzimmer wirkte. Topfblumen, ein breites Fenster mit schallschluckender Scheibe, eine bequeme Sitzgruppe und natürlich auch ein Schreibtisch, an dem Denise Brown saß und uns aus großen Augen entgegenschaute.

Der Schreibtisch sah aufgeräumt aus, als wäre die Frau dabei, Feierabend zu machen. Irgendwie stimmte das ja auch. Der Chef war tot, die Firma wurde aufgelöst.

Denise Brown war um die 40. Sie trug ein graues Kostüm und eine weiße Bluse. Das Haar war zu dunkel, um echt zu sein. Sie hatte es kurz geschnitten und eine kleine Strähne in ihre glatte Stirn hineinragen lassen. Das Gesicht war dezent geschminkt. Als sie etwas verhalten lächelte, erschienen kleine Faltenkränze um ihre Augenwinkel.

»Pardon, aber ich dachte, es wäre der Hausmeister, den ich bestellt habe, damit er einige Akten und Möbel abholt. Mit Fremden habe ich nicht gerechnet. Auch nicht mit Kunden ...«

»Die sind wir nicht, Mrs. Brown.«

»Nein?« Sie sah Suko und mich überrascht an. »Weshalb sind Sie dann hier?«

»Es geht um Ihren Chef.«

»Der ist leider verstorben und deshalb ...« Sie schwieg, weil wir ihr unsere Ausweise gezeigt hatten. Ein wenig blaß um die Nase wurde sie schon. Die Hände bewegten sich unruhig über den Schreibtisch, als sie sich erhob. »Scotland Yard – äh ... bitte, was kann ich für Sie tun?«

»Einige Fragen beantworten«, erwiderte Suko. »Wir rechnen auch damit, daß Sie uns helfen können.«

»Das hoffe ich. Bei uns ist jedenfalls alles glatt verlaufen. Ein Motiv für den Mord kann ich mir auch nicht vorstellen. Ich dachte schon mehr an ein Versehen, aber das wäre noch schlimmer. Bitte, sollen wir uns nicht setzen?« Sie hatte mit schneller Stimme gesprochen und wirkte recht nervös.

In der Sitzecke gab es genügend Platz für uns alle. Auf dem Tisch lagen einige Zeitschriften, deren Inhalte fachbezogen waren. Die Motive der Bilder an den Wänden zeigen Objekte, die zum Verkauf standen. Es waren Burgen und kleine Schlösser. Aber auch einsam stehende Herrenhäuser waren abgebildet.

Denise Browns Spannung war zu spüren, obwohl sie versuchte, äußerlich ruhig zu wirken. Sie saß steif auf ihrem Platz und hatte die Knie gegeneinandergelegt.

»Weiß man inzwischen etwas Genaueres über Mr. Freemans Tod?« fragte sie. »Ich hatte schon mit Ihren Kollegen gesprochen. Sie waren sehr schweigsam oder wollten nichts sagen.«

»Nein, es ist immer noch ein Rätsel.« Ich zuckte die Achseln. »Möglicherweise können Sie uns helfen, es zu lösen, Mrs. Brown.«

Sie lachte. »Ich?«

»Ja, warum nicht?«

»Also das tut mir leid – wirklich. Ich kannte meinen

Chef zwar gut, jedoch nur auf der beruflichen Ebene. Was er privat tat, darüber bin ich nicht informiert gewesen. Wir haben diese Ebenen stark voneinander getrennt.«

»Fest steht«, sagte Suko, »daß wir einen Mörder finden müssen. Und das möglicherweise im Kreis Ihrer Kunden.«

So direkt hatte ihr das wohl noch niemand gesagt. Denise Brown wurde noch blasser. Sie wußte nicht, was sie dazu sagen sollte. Schluckte einige Male und schüttelte den Kopf. »Ich weiß nicht, wie ich mich verhalten soll, aber unsere Kunden waren honorige Menschen. Ich kann mir nicht vorstellen, daß sich ein Mörder darunter befand.«

»Es ist auch nicht gesagt, daß einer von ihnen Ihren Chef umgebracht hat, Mrs. Brown.«

»Aha.«

»Uns geht es um etwas anderes«, sagte ich. »Und zwar um eine bestimmte Person, von der wir nicht wissen, ob sie Kunde bei Ihnen ist oder war. Der Mann heißt Tony Hogan.«

Denise Brown hatte mich direkt angeschaut, auch ich hatte sie nicht aus dem Blick gelassen und nichts in ihrem Gesicht entdeckt, was mich mißtrauisch gemacht hätte. Kein Zucken, kein nervöses Röten der Haut, sondern ein Ausdruck, der darauf schließen ließ, daß sie nachdachte.

Es dauerte nicht einmal lange, da nickte sie mir zu und sagte: »Ja, der Name sagt mir etwas.«

»Dann war Mr. Hogan ein Kunde?«

»Einer der letzten.«

»Sehr gut.«

Plötzlich wurde sie nervös. Sie rieb ihre Handflächen gegeneinander und hatte auch eine Gänsehaut bekommen. »Wollen Sie damit andeuten, daß dieser Mensch der Mörder meines Chefs ist und . . .«

»Nein, auf keinen Fall!« wehrte Suko ab. »Es ist nur eine Spur, der wir nachgehen. Da er ein Kunde von Ihnen ist, wird er bei Ihnen etwas gekauft haben, nehmen wir an.«

»Sicher.«

»Was?«

Sie kaute mit den Schneidezähnen auf der Unterlippe. »So einfach kann ich Ihnen das nicht sagen. Ich denke mal, daß ich nachschauen muß. Ich habe nicht alle Geschäftsvorgänge im Kopf.«

»Bitte, wenn Sie so freundlich wären . . .«

Sie strich den Rock glatt und stand auf. Der Weg führte sie von uns weg auf eine zweite Tür zu, hinter der das Büro ihres verstorbenen Chefs lag. Da die Tür nicht wieder zufiel, konnten wir einen Blick hineinwerfen. Auf dem Boden lag der gleiche Teppich wie hier im Vorzimmer. Die Frau umging einen großen Schreibtisch in der Mitte des Raumes und blieb vor einem offenen Aktenschrank stehen. Sie ließ ihren Blick über die Aktenschränke gleiten und hatte sehr bald das Gesuchte gefunden. Mit einem nur dünnen Schnellhefter kehrte sie zu uns zurück und nahm wieder ihren Platz ein.

»Es sind die Verträge der letzten Kunden«, erklärte sie. »Das heißt, Mr. Hogan war wohl unser letzter.«

»Hat er etwas gekauft?« fragte ich.

Denise Brown nickte. »Die Verhandlungen waren abgeschlossen. Es kam auch zur Unterschrift.

»Was kaufte er?«

»Winter's Castle.«

»Bitte?«

»Ja, eine Ruine. Keine fertige oder einzugsbereite

Burg mehr. Kein Schloß, mehr eine Ruine. Wobei die Anlage nicht völlig zerstört ist, aber wir haben sie unter der Rubrik Ruine geführt. Wenn Sie ein Bild sehen, werden Sie mir recht geben.«

»Gibt es das?«

»Bitte.« Sie drehte die Akte herum und reichte sie uns über den Tisch hinweg.

Suko und ich schauten beide hin. Auf zwei Seiten waren Fotos aufgeklebt worden.

Wir hatten Ruinen oft genug erlebt, und diesen Bau als Ruine zu bezeichnen war schon etwas übertrieben. Er sah verlassen aus und wirkte auch ein wenig verfallen, doch unter einer Ruine stellte ich mir etwas anderes vor.

Die Mauern standen noch. Fenster gab es auch. Das Dach zeigte Schäden, und wir stellten auch fest, daß sich Winter's Castle aus mehreren Bauten zusammensetzte. Es war lange nicht bewohnt worden, es hätte auch renoviert werden müssen, doch als Versteck eignete es sich durchaus.

Ich reichte der Frau den Hefter wieder zurück. »So ruinenhaft sieht mir das Haus nicht aus.«

Sie zuckte mit den Schultern. »Das ist eben Ansichtssache.«

»Und Mr. Hogan hat Winter's Castle erworben?« fragte Suko.

»Ja.«

»Wie hoch war der Preis?«

»Oh, das kann ich Ihnen nicht genau sagen. Ich weiß es nicht. Da müßte ich nachschauen. Aber sehr viel hat er nicht bezahlt. Die Verhandlungen dauerten auch nicht sehr lange. Man war sich schnell einig.«

»Wo können wir die Ruine finden?«

»Südwestlich von London. An der Grenze zwischen

Kent und Surrey. Es ist nicht genau geklärt worden, zu welcher Grafschaft Winter's Castle je gehört hat.«

»Was wissen Sie noch darüber?« fragte ich. »Ich meine, ich könnte mich informieren, aber das würde zuviel Zeit in Anspruch nehmen. Sie kennen doch sicherlich die Vergangenheit der Ruine, um bei dem Begriff zu bleiben.«

»Die ... die Ruine gehörte der Familie Winter.« Sie räusperte sich. »Es war kein Adel. Eine Industriellen-Familie, die allerdings auseinanderging. Geschäftlich und auch privat lief es in die Pleite hinein. Zuletzt blieb nur dieser Sitz übrig, und auch der sollte verkauft werden. Zuvor hat man den Sitz vermietet.«

Ich horchte auf. »An wen?«

»Wie Mr. Freeman erfuhr, hat manchmal ein Zirkus dort sein Winterquartier bezogen.« Sie lachte leicht unecht. »Das ist zwar ungewöhnlich, aber in diesem Fall stimmt es. Anscheinend reichen die noch vorhandenen Räumlichkeiten aus.«

»Zirkus?« hakte Suko nach. »Sie denken dabei auch sicherlich an Tiere und Menschen?«

»Das nehme ich doch an.«

»Und heute?«

Denise Brown klappte den Hefter zusammen. »Heute steht die Ruine leer. Das heißt, schon seit einigen Wochen. Es hat sich kein Mieter gefunden.«

Wir blickten uns um. Hier kam etwas zusammen, das Morgana Layton und ihren Wölfen gefallen konnte. Eine einsame Gegend, dann die Ruine, die von kaum einem Menschen besucht wurde, zumindest nicht bei kaltem Wetter, das war schon ein idealer Ort und sogar ein gutes Versteck für ihre Zwecke.

»Hat Sie das denn weitergebracht?« fragte Mrs. Brown.

»Bestimmt«, antwortete ich. »Mr. Hogan hat die Ruine erworben. Wie war der geschäftliche Ablauf?«

»Um den hat sich Mr. Freeman gekümmert. Er setzte sich mit dem Besitzer in Verbindung, der froh war, einen Käufer gefunden zu haben. Es war wohl der letzte Winter.«

»Wo lebt er?«

»Er hat sich nach Irland zurückgezogen. Nach der genauen Adresse müßte ich schauen und ...«

»Das ist nicht nötig«, sagte ich schnell, als ich sah, daß sie sich erheben wollte. »Wir kommen schon allein zurecht, Mrs. Brown. Es wäre nur nett, wenn Sie uns sagen könnten, wo genau wir die Ruine finden können. An einer Küste liegt sie ja nicht, sondern mitten im Land. Oder sind Sie schon einmal dort gewesen?«

»Nein, das nicht. Ich habe zwar hin und wieder zusammen mit Mr. Freeman einige Objekte besichtigt, doch nicht Winter's Castle. Die Ruine liegt ziemlich einsam. Der nächste Ort heißt Tidebrock, wie ich hörte. Mehr weiß ich leider auch nicht. Wenn Sie sich mit Mr. Winter in Verbindung setzen möchten, kann ich Ihnen seine Telefonnummer heraussuchen. Es dauert nicht lange und ...«

»Danke für Ihre Mühe«, sagte ich. »Aber das wird nicht nötig sein. Wir werden den Ort auch ohne Ihre Hilfe finden.«

»Sie wissen auch, wie Sie an Mr. Hogan herankommen können?« fragte sie.

»Ja, ich denke schon.«

Denise Brown lächelte verlegen. »Das ist dann wohl alles gewesen«, sagte sie leise. »Ich werde hier noch einige Tage zu tun haben und dann ebenfalls gehen. Die Büros hier haben bereits einen Nachmieter gefunden. Mein Gott, es war ein Schock, als ich von Mr. Freemans Tod erfuhr. Er ist nicht einmal vierzig Jahre alt geworden und hatte noch soviel vor. Er wollte sein Geschäft ausweiten. Wir hätten in diesem neuen Jahr sogar mit dem Insel-Geschäft begonnen. Es gibt immer mehr Kunden, die sich für den Kauf von Inseln interessieren. Da ist wirklich noch eine Menge zu machen. Aber jetzt . . .«

»Haben Sie einen neuen Job?« fragte ich.

»Nein, noch nicht. Ich mache mir keine Sorgen. Ich kenne genügend Menschen, die mir weiterhelfen können. Zwar bin ich nicht mehr die Jüngste, aber ich bringe schon eine gute Erfahrung im Geschäftsleben mit.«

»Sie werden bestimmt nicht lange arbeitslos sein«, versprach ich ihr.

»Hoffentlich.«

Unser Besuch war damit beendet. Wir erhoben uns, und Denise Brown ging noch mit bis zum Aufzug. Bevor wir einstiegen, legte sie Suko eine Hand auf die Schulter. »Bitte, Inspektor, versuchen Sie alles, was in Ihren Kräften steht, um den Fall aufzuklären. Mr. Freeman wird zwar nicht mehr zurückkehren, aber ich möchte doch, daß jemand für dieses Verbrechen sühnt.«

»Ich verspreche Ihnen, daß wir uns einsetzen.«

»Danke.«

Jetzt schimmerten Tränen in ihren Augen, und sie wandte sich schnell ab. Die Tür hatte sich bereits geöffnet, so daß wir einsteigen konnten. Auf der Fahrt nach unten schauten wir uns an, sprachen aber erst wieder in der Halle.

»Was meinst du, John, hat Mrs. Brown etwas mit dem Fall zu tun?«

»Auf keinen Fall. Wir haben sie nicht als Schauspielerin erlebt. Da bin ich mir sicher.«

»Meine ich auch.«

»Wie heißt der Ort noch?«

»Tidebrock«, antwortete Suko.

»Nie gehört.«

»Ich auch nicht, John. Aber wir werden ihn kennenlernen. Und zwar heute noch ...«

Es war keine Fahrt gewesen, die uns Spaß gemacht hatte. Es lag nicht nur am Wetter, das bestimmt nicht zum Januar paßte, denn es gab keinen Frost und auch keinen Schnee. Dafür tiefhängende Wolken, aus denen Nieselregen sickerte, der sich als feiner Schmierfilm auf die Scheiben legte und das gesamte Land mit einem Grauschleier überdeckte.

Wir hatten gelost, und so war Suko die Aufgabe zugefallen, den Rover zu fahren.

Zum Yard Building waren wir nicht mehr zurückgekehrt. Ich klärte die noch offenen Fragen per Handy mit unserem Chef, Sir James, ab. Eine so müde Stimme hatte ich bei ihm selten erlebt. Es wurde Zeit, daß er sich ins Bett legte und mal einige Tage ausspannte. Wie so oft überließ er uns die Entscheidungen und war froh, daß er selbst nicht aktiv werden mußte.

Auf dem Land sah es nicht besser aus. Im Gegenteil, wir hatten das Gefühl, daß die Wolken noch tiefer lagen und sogar die Kuppen der Hügel verschluckt hatten. Die Autos fuhren mit Licht, wobei die Strahlen sich in den Dunstschleiern verfingen, die über den Boden krochen.

Ich hatte auf der Karte nachgeschaut und dirigierte

Suko. Über die A22 führte der Weg in Richtung Süden und dann weiter nach Westen in eine im Sommer schöne Landschaft hinein, doch jetzt rollten wir der dunstigen Einsamkeit entgegen.

Es war klar, daß diese Ruine für die Werwölfe ein ideales Versteck sein konnte. Der Plan war raffiniert in die Tat umgesetzt worden. Tony Hogan, Morganas Vasall, hatte sich an Freeman herangemacht und ihn nach dem Kauf als Zeugen beseitigt.

Unterwegs mußten wir tanken. Danach ging die Fahrt weiter. Ich hatte etwas zu essen besorgt. Zwei noch frische Sandwiches, die mit Putenfleisch und einer dünnen Mayonnaise-Schicht belegt und beschmiert waren.

Dazu tranken wir Cola. Kein tolles Essen, aber es sättigte. Ich kümmerte mich danach wieder um den Weg und war zufrieden, daß wir schon eine recht große Strecke hinter uns gebracht hatten. Wenn alles gut lief, würden wir noch vor Einbruch der Dunkelheit unser Ziel erreicht haben, was sehr wichtig war.

»Nimmst du Wetten an?« fragte Suko nach einer Weile.

»Worauf?«

»Daß wir sie in der Ruine finden!«

»Davon bin ich überzeugt.«

»Und wen finden wir?«

Ich zuckte mit den Schultern. »Zumindest unseren Freund Hogan. Es kann auch sein, daß er nicht allein ist und sich irgendwelche Beschützer oder Artgenossen besorgt hat.«

»Das befürchte ich eher. Zudem dürfen wir die Layton und auch Fenris nicht vergessen.«

Ich pflichtete ihm durch mein Nicken bei. Wir hatten auch nicht vor, so ganz blauäugig zur Ruine zu fahren. Wenn der Ort Tidebrock in der Nähe lag, gab es dort vielleicht jemand, der mehr über den Ort wußte.

Nach Tidebrock führte eine Landstraße. Sie war recht schmal und wand sich wie eine Schlange durch die Hügellandschaft. Hier gab es auch zahlreiche Campingplätze und kleine Seen. Zudem viel Wald, der die großen grünen Lungen bildete.

Die Straße führte direkt nach Tidebrock, und rechts von der Straße stieg das Gelände an. Wir hatten damit gerechnet, Winter's Castle sehen zu können. Leider verwehrten uns die Bäume die Sicht. Auch wenn sie kahl waren, schimmerten die Reste der Burg nicht durch.

Tidebrock gehörte zu den Orten, die man als verschlafen bezeichnen konnte. Hierher verirrte sich kaum ein Fremder. Es gab jedoch Hinweisschilder auf die zwei Bed & Breakfast-Hotels, die im Ortskern lagen, wo sich auch einige Geschäftsleute ihren Standort ausgesucht hatten.

Dort stoppten wir.

Als wir ausstiegen, erfaßte uns die Feuchtigkeit wie nasse Tücher. Zwar nieselte es nicht mehr, aber die Wolken lagen tief, als wollten sie über die Dächer der Häuser schleifen und sie putzen.

Suko schloß den Wagen ab und stellte den Kragen seiner Jacke hoch. Wir schauten uns um. Wir sahen eine Apotheke, einen Lebensmittelladen, auch den Turm einer Kirche. Zwei Kneipen ebenfalls und einen Bau, der recht amtlich aussah.

Ein Rathaus konnten wir hier nicht erwarten. Das Gebäude aus Backsteinen beinhaltete wohl die Amtsstube des Bürgermeisters, denn so etwas gab es im kleinsten Kaff.

Wir gingen auf eine dunkelgrün gestrichene Tür zu und wurden von den wenigen Menschen mißtrauisch beobachtet. Ein bärtiger Mann, der einen langen Mantel trug und quer über die Straße kam, winkte uns zu.

»He, Sie werden Pech haben, wenn Sie den Bürgermeister besuchen wollen. Der ist nicht da.«

»Wo finden wir ihn denn?« fragte Suko.

»In der Kneipe. Da hält er seine Ratssitzungen ab.« Der Mann grinste. »Da ist es gemütlicher.«

»Welche?«

»Die gegenüber. Ronny's Inn.«

»Danke.«

Der Bärtige stellte sich uns in den Weg. »Sie sind ja fremd. Was wollen Sie von ihm?«

»Wie heißt der Mann?« fragte Suko.

»Ernest Raleigh.«

»Danke.«

Suko schob den Mann zur Seite, der uns ziemlich konsterniert nachblickte, auch schimpfte und dann weiterging. Wir betraten Ronny's Inn und gelangten in einen Gastraum, der wirklich so roch wie eine Kneipe. Als hätte man hier seit Tagen nicht mehr gelüftet. Die Rauchschwaden hingen unter der Balkendecke, und der Fußboden war wellig und mit Sägespänen bedeckt.

Ich hatte vor Suko den Laden betreten und schaute mich um. An der Theke saß nur eine einsame Gestalt und konnte sich nicht entscheiden, ob sie zuerst Whisky oder Bier trinken sollte. Sie entschied sich dann für den Whisky und prostete uns noch grinsend zu.

Links gab es einen Stammtisch. Dort hockten vier Männer beisammen, deren Unterhaltung abbrach, als sie uns sahen. Mißtrauisch schauten sie uns entgegen.

Einer der Männer mußte der Bürgermeister Raleigh sein, und nach ihm fragten wir.

Der älteste nickte. Er trug einen grauen Bart und hatte auf dem Kopf wenig Haare. Sein Gesicht war rund. Die kleinen, lebhaften Augen funkelten uns an.

»Was wollen Sie?«

»Ein paar Worte mit Ihnen reden.«

Er zeigte sich stur. »Sie sehen doch, daß ich zu tun habe. Ich bespreche mit meinen Kollegen wichtige Dinge, die die Gemeinde angehen. Sie können später ...«

»Nein, jetzt!« Auch ich setzte meine Sturheit dagegen und zeigte meinen Ausweis.

»Ach so ist das. Polizei. Dazu noch Scotland Yard. Verdammt, ich habe nichts verbrochen, was euch interessieren könnte. London ist weit weg. Ihr könnt mir da gestohlen bleiben und unsere Probleme ...«

»Können wir reden oder nicht?«

»Gut, muß ich ja wohl.«

Wir hatten nichts dagegen, daß die anderen drei Männer blieben. Am Tisch war genügend Platz für uns alle. So rückten die anderen zusammen, damit wir bequem sitzen konnten.

Freundlich waren sie nicht zu uns. Ihre Blicke blieben mißtrauisch, aber das kümmerte uns nicht. Der Wirt erschien und zog die Augenbrauen hoch, als wir Wasser bestellten. Das war man in seiner Kneipe wohl nicht gewohnt.

Ernest Raleigh trank sein Glas leer und stellte es demonstrativ hart ab. »So, und jetzt sagen Sie mir bitte, was Sie von mir wollen. Was bringt Scotland Yard dazu, in diese einsame Gegend zu fahren?«

»Es geht nicht um Sie. Es geht auch nicht um Ihren Ort hier. Es geht um Winter's Castle.«

»Bitte? Um die Ruine?«

»Genau.«

»Sie kennen das Gemäuer?« fragte Suko.

»Klar. Das kennt jeder. Liegt ja hier in der Nähe. Nur wundert es mich, daß sich die Polizei darum kümmert. Oder hält sich dort ein flüchtiger Sträfling versteckt?«

»Nein.«

»Was wollen Sie dann dort?«

»Erzählen Sie mehr über die Ruine«, bat ich.

Der Bürgermeister schaute seine Freunde an, die ebenso staunten wie er. »Was gibt es da eigentlich zu erzählen. Winter's Castle ist noch recht gut erhalten, das muß ich zugeben, aber darum gekümmert hat sich niemand. Auch wir von der Gemeinde nicht. Es existiert noch ein Besitzer, aber der wohnt weit weg.«

»In Irland.«

»Gut recherchiert.«

»Sie wissen, daß es verkauft wurde?«

»Ach!« staunte er. »Hat das doch geklappt. Wer hat das alte Ding denn gekauft? Ein vielfacher Millionär? Der muß dort einiges hineinstecken, kann ich Ihnen sagen.«

»Ein gewisser Tony Hogan. Er kaufte es über einen Makler mit dem Namen Victor Freeman.«

»Ich kenne beide nicht.« Er wandte sich an die anderen drei Männer. »Sagen euch die Namen was?«

Suko und ich ernteten ein Kopfschütteln.

»Jedenfalls ist die Ruine verkauft worden«, sagte ich.

»Wir haben nichts damit zu tun«, meinte Raleigh. »Mal sehen, was daraus wird.«

»Vielleicht überwintert dort wieder ein Zirkus«, sagte Suko.

»Ach. Das wissen Sie auch.«

»Wie ging das vonstatten?«

»Damit haben wir auch nichts zu tun gehabt. Das ging von Winter aus. Er hat sein Ding da vermietet.«

»Hatten Sie Kontakt mit den Leuten?«

Raleigh schüttelte den Kopf. »Nur wenig. Die Kinder hatten mehr. Schon allein wegen der Tiere. Die lebten ja mit den Menschen unter einem Dach, haben zumindest die Kinder erzählt. So was ist schon glaubhaft. Es gibt ja viele Verrückte.«

»Wissen Sie, welche Tiere sich dort aufhielten?« fragte ich.

»Nein.«

Ich gab trotzdem nicht auf. »Könnten auch Wölfe darunter gewesen sein?«

Raleigh bewegte seinen Mund. Es war nicht zu sehen, ob er grinste oder etwas anderes damit ausdrücken wollte. »Wölfe?« Er begann zu lachen und schaute sich unsicher um. »Ja, das kann natürlich sein. Gesehen habe ich sie nicht. Wenn Sie Genaues wissen wollen, müssen Sie schon die Kinder fragen, die hin und wieder oben waren, um die Tiere zu besuchen.«

Ein Mann im schwarzen Pullover hob den rechten Arm. »Meine Tochter war schon oben. Sie hat von vielen Tieren berichtet. Elefanten, Tiger oder Löwen gab es nicht. Über Wölfe hat sie nichts erzählt. Aber Hunde und so weiter. Auch zwei Lamas und Esel. Das war ja kein großer Zirkus, der da sein Quartier bezogen hat. Die Leute hatten kein Geld. Sie sammelten auch für Futter ...«

»Danke«, sagte ich. »Hat Ihre Tochter auch erzählt, wo die Tiere untergebracht waren?«

»Wie meinen Sie das?«

»Es gibt ja rollende Käfige und ...«

Er winkte ab. »Nein, nein, die Tiere waren so zahm, daß sie frei herumliefen. Wenn sie schlafen wollten, sind sie in die Räume der Ruine gebracht worden. Da war es wärmer. Außerdem ist das Dach noch in Ordnung.«

Ich nickte ihm zu. »Prima. Wissen Sie noch mehr?«

»Nein.«

Der Bürgermeister schaute mich wieder an. »Was wollen Sie denn in der leeren Ruine?«

»Nur nachschauen.«

Er grinste breit. »Das glaube ich Ihnen nicht. Ist ein gutes Versteck, auch für Dealer.«

»Waren schon welche hier?«

»Nein, aber das könnte ich mir vorstellen. So weit vom Weltlichen ab sind wir hier auch nicht. Stellen Sie sich vor, Mr. Sinclair, wir haben sogar schon Strom, und selbst das Internet kennen wir zumindest vom Hörensagen.«

»Klasse«, erwiderte ich. »Dann können Sie schon mal mit den Vorbereitungen für das Dorf des Jahres beginnen.«

»Wäre zu überlegen.«

Ich trank den letzten Rest Wasser aus dem Glas. »Ansonsten ist Ihnen allen nichts aufgefallen, nachdem der Zirkus die Räume nicht mehr als Winterquartier benutzt hat?«

»Ich denke nicht.«

»Doch.« Der kleinste Mann aus der Runde meldete sich. Auch er trug einen Bart und war ansonsten ein schmächtiges Kerlchen, daß man schon mal übersehen konnte.

»Ich höre.«

Er wand sich etwas.

»So genau kann ich das auch nicht sagen, und ich

bin daran eigentlich nicht beteiligt, aber meine Frau hat etwas gehört.«

»Was denn?« Ich ärgerte mich, weil er eine Pause eingelegt hatte.

Auch jetzt senkte er den Kopf.

»Das war schon komisch. Sie ist eine Person, die nicht so gut schläft. Bei Vollmond erst recht nicht. Da wir Vollmond haben, war sie in den letzten Nächten fast immer wach. Da hat sie eben das komische Heulen gehört.«

»Und weiter?«

»Sie hatte Angst«, sagte der Mann leise. »Hunde waren das nicht. Auch unsere Tiere hier sind unruhig geworden, als sie das Heulen hörten. Mehr kann ich nicht sagen.«

»Aber Ihre Frau hat sich doch Gedanken darüber gemacht und sicherlich mit Ihnen gesprochen«, sagte Suko.

»Das schon.«

»Was kam dabei heraus?«

»Sie wußte nichts.« Er schüttelte heftig den Kopf. »Aber ich habe es auch einmal gehört, und ich bin der Meinung, daß es durchaus Wölfe gewesen sein können.«

»Womit wir wieder beim Thema wären«, sagte der Bürgermeister. Er sah aus, als wollte er sich die Haare raufen. »Schon wieder Wölfe. Ich habe hier noch keine gesehen. Überhaupt, es gibt Wölfe nur auf dem östlichen Festland. In Polen, Tschechien oder Rumänien. Das zumindest habe ich mal gelesen.«

»Stimmt auch«, sagte ich.

Der kleine Mann nickte. »Hier gibt es sie im Zoo. Vielleicht sind sie ausgebrochen. Oder die Zirkusleute haben sie zurückgelassen.« Als er den Satz aussprach, bekam er eine Gänsehaut. »Verflucht, wenn das stimmt, können wir uns warm anziehen.«

»Setz hier keine Gerüchte in die Welt, Manfred!« wies Raleigh ihn zurecht.

»Es bleibt ja unter uns.«

»Hoffentlich.«

Ich schlug mit der flachen Hand auf den Tisch, um wieder Aufmerksamkeit zu erlangen. »Jetzt bleibt mir nur noch eine Bitte. Wir möchten gern den Weg zu Winter's Castle erklärt haben.«

»Das ist nicht einfach«, sagte Raleigh.

»Warum nicht?«

»Sie sind mit einem Auto gekommen, nicht?«

»Sind wir.«

»Der Weg ist ziemlich schlecht. Sie müssen einen Hügel hoch. Auch die Leute vom Zirkus hatten immer Schwierigkeiten. Ich habe gehört, daß Teile zugewachsen sind.«

»Dann gehen wir den Rest zu Fuß, wenn wir nicht hochkommen«, sagte Suko.

»Das ist Ihr Problem.« Der Bürgermeister stand auf, um zur Tür zu gehen. »Kommen Sie mit.«

Ich zahlte an der Theke schon mal für unsere beiden Getränke. Vor der Tür ließen wir uns den Weg erklären. Er war im Prinzip ganz einfach. Wir durften nur die Abfahrt nicht verpassen.

»Danke.« Ich lächelte den Mann an. »Dann ist ja alles klar.«

Ernest Raleigh trat dicht an mich heran. »Wollen Sie mir nicht verraten, was Sie dort oben suchen? Es ist verdammt dunstig, keine gute Zeit, um einen Schatz zu finden.«

»Darauf sind wir auch nicht aus. Wir werden es Ihnen sagen, wenn wir zurückgekehrt sind.«

»Viel Zeit haben Sie allerdings nicht. Es wird bald dunkel.«

»Das ist uns klar. Deshalb werden wir jetzt auch losfahren. Herzlichen Dank für Ihre Hilfe.«

»Ja, ja«, murmelte der Mann. Er schaute uns nach, als wir auf unseren Wagen zugingen.

Suko ließ es sich nicht nehmen, auch den Rest der Strecke zu fahren. »Was meinst du?« fragte er. »Haben wir Glück oder Pech?«

»Wenn du mit Glück meinst, daß wir die Werwölfe finden, dann haben wir es.«

Der Weg war wirklich nicht besonders gut. Nachdem wir die normale Straße verlassen hatten und nach rechts abgebogen waren, endete die Teerdecke, und so holperten wir über den unbefestigten Weg dem Ziel entgegen.

Auf unserer Fahrt nach Tidebrock hatten wir bisher nicht viel mit dem Wald zu tun bekommen. Hier änderte sich dies. Laublose Bäume und graubraun wirkende Büsche rückten bis dicht an den Weg heran. Niemand hatte sie gestutzt, und so schlugen des öfteren Äste und Zweige gegen die Karosserie oder rutschten über die Windschutzscheibe hinweg.

Dunst hing zwischen den Bäumen. Er hatte sich auch auf dem Boden ausgebreitet und kroch aus dem Unterholz hervor.

Wir fuhren mit Licht. Aus den Scheinwerfern waren durch den Dunst faserige Augen geworden, deren Licht sich in einem breiten Streifen verteilte. Die unzähligen kleinen Tropfen brachen es. So sah unser Wagen aus, als würde er eine helle Wolke vor sich herschieben.

Bei unserer Fahrt verging Zeit, und mit ihr kroch die Dämmerung über das Land hinweg.

Es dunkelte, und es kam mir rascher vor als gewöhnlich. Die ersten Schatten fielen bereits in den Wald hinein und verfinsterten die Umgebung mehr und mehr. Wenn man von Licht sprechen konnte, dann war es nicht mehr als ein Zwielicht, durch das wir immer höher fuhren.

Suko, der bisher sehr ruhig geblieben war, verlor seine Ruhe. »Allmählich müßten wir doch da sein! Verdammt, welche Strapazen haben die Zirkusleute nur auf sich genommen.«

»Wenn sie keinen anderen Platz gefunden haben.«

»Stimmt auch wieder.«

Wir kamen uns vor wie in einem schmalen Canyon. Zu beiden Seiten des Weges wuchsen die Teile einer Böschung hoch. Sie war mit Gras, Büschen und auch niedrigen Hölzern bewachsen, von denen es auf unser Dach tropfte.

Bis wir den Schlag hörten.

Auch der hatte unser Dach getroffen.

Beide zuckten wir zusammen. Suko hielt den Rover an und warf mir einen Blick zu.

»Ein Ast war das nicht«, sagte mein Freund und schaute zum Wagendach.

Im Moment hörten wir nichts. Wenn etwas auf das Autodach gefallen war, dann mußte es abgerutscht sein. Ich glaubte nicht daran, daß es sich dort oben hatte halten können.

»Ich schaue nach.«

Suko nickte und sah, wie ich die Tür aufstieß. Ich stieg noch nicht aus dem Fahrzeug, sondern spähte in die Runde.

Vor mir zog sich die Böschung in die Höhe. Sie bildete die schräge Ebene, auf der allerlei wuchs und die auch als Versteck dienen konnte.

»Nichts.«

»Bei mir auch nicht«, meldete Suko.

»Okay, dann ...« Ich gab mir einen Ruck und verließ den Rover endgültig.

Daneben blieb ich stehen, drehte den Kopf und auch meinen Körper, so daß ich auf das Dach schauen konnte.

Genau dort saß der Wolf!

Ich hätte damit rechnen müssen, aber ich hatte nicht mehr daran gedacht. Und deshalb fuhr mir auch der Schreck in die Glieder. Das Tier glotzte mich aus seinen kalten Augen an. Sein Fell war nicht mehr struppig, sondern naß. Es klebte zusammen, und auch Blätter und kleine Zweige hatten sich darauf verteilt.

Die Zeit des Schweigens dauerte meinem Freund Suko zu lange. »He«, klang seine Stimme im Fahrzeug auf. »Was ist da?«

»Ein Wolf.«

»Wo?«

»Auf dem Dach.«

Ich hatte nur die Lippen beim Sprechen bewegt und ansonsten kein Wort gesagt. Das Tier war nicht ohne Grund auf das Autodach gesprungen. Es mußte so etwas wie ein Wächter oder Aufpasser sein, der uns aufhalten wollte.

Beim ersten Hinschauen hatte ich die geschlossene Schnauze gesehen. Es änderte sich, denn das Tier riß die Schnauze weit auf und präsentierte mir sein Gebiß, zwischen dem wie ein starrer Lappen die verdammte Zunge lag. Vor der Schnauze dampfte der

Atem. Die Augen ließen mich nicht los, und dann stemmte er sich ab.

Es war mein Glück und sein Pech, daß er die Glätte des Autodachs unterschätzte. So kam er nicht richtig weg. Seine Pfoten rutschten zur Seite, und ich hatte Zeit, mich zu ducken. Als er sprang, befand ich mich schon in der Hocke, und er war auch nicht mehr in der Lage, seinen Winkel zu korrigieren.

Das Tier verfehlte mich. Es hatte soviel Schwung, daß es mit seiner Schnauze gegen die Böschung prallte und dabei auch das lichte Unterholz durchbrach.

Der Wolf schlug mit den Läufen um sich, um Halt zu finden, was ihm aber nicht gelang. Und so rutschte er wieder nach unten.

Ich stand inzwischen und hatte auch meine Waffe gezogen, aber das Tier griff mich nicht mehr an. Es hatte es geschafft, wieder Halt zu finden, drehte sich nach rechts und huschte an der Böschung entlang laufend und rutschend weiter. Sehr bald war der Wolf verschwunden.

Ich blieb noch mit gezogener Waffe stehen und drehte den Kopf in die verschiedensten Richtungen. Der graue Körper des Wolfes hatte sich der ebenfalls grauen Umgebung angepaßt. Ich sah nichts mehr von ihm. Aber wir waren gewarnt.

Ich stieg wieder in den Rover. Auch Suko hielt seine Beretta gezogen und hatte sich losgeschnallt.

Ich zerrte die Tür wieder zu. »Fahr weiter.«

Suko zögerte. »Warum hast du nicht geschossen?«

»Ich wollte niemand warnen.«

»Das wird der Wolf schon erledigen.«

»Warten wir es ab.«

Als Suko den Motor startete, sagte er: »Jedenfalls

gehe ich davon aus, daß wir es nicht mehr weit bis zur Ruine haben. Dann auf zum letzten Rest.«

So einfach war es nicht. Die Reifen drehten durch, und Suko mußte sehr vorsichtig mit dem Gas umgehen, damit sich der Rover endlich in Bewegung setzte.

Wir kamen weiter. Und endlich sahen wir das, was man als die Ruine von Winter's Castle bezeichnete.

Der Platz vor uns war mit Unkraut bewachsen, ansonsten jedoch frei. Zur Ruine gehörten zwei Gebäude. Rechts und links von uns standen sie braungrau und naß wie Denkmäler.

Links ragte eine Mauer auf. Jenseits davon fiel das Gelände recht steil ins Tal hin ab. Dort unten irgendwo mußte auch Tidebrock liegen. Die Mauer war nicht mehr ganz. Lücken klafften darin wie in einem schlechten Gebiß. Efeu und andere Rankengewächse hatten sich ausbreiten können. Auch der Dunst war hier oben nicht so stark.

Ich war wieder als erster ausgestiegen und merkte sofort den kälteren Wind, der gegen meine Kleidung fuhr. Die Jacke war dick und gut gefüttert; zu frieren brauchte ich nicht. Mit langsamen Schritten näherte ich mich der Mauer. Sie war so hoch, daß ich nicht darüber hinwegschauen konnte. So mußte ich mir schon eine Lücke suchen, die den Blick in die Tiefe erlaubte.

Es war nicht viel zu sehen. Die Bäume nahmen mir die Sicht. Auch Tidebrock lag unter einer Dunstschicht begraben. Selbst Lichter schimmerten nicht durch. Mir schien es, als wollte der Dunst zwei Welten voneinander trennen.

Suko war zu mir gekommen. »Ideale Gegend, nicht wahr?«

»Kann man sagen.«

»Und unser Freund ist auch schon da.«

»Wen meinst du?«

»Den Mond!« Suko deutete hoch, und auch ich schaute zum Himmel, der recht dunstfrei, aber nicht klar war. Trotzdem malte sich der schwachgelbe Kreis ab.

»Ja, ihr Verbündeter. Der lockt sie wie Ratten aus der Höhle.«

»Wobei wir die erst finden müssen.«

Dagegen konnte ich nichts sagen. Die übersehbare Fläche in unserer Nähe jedenfalls war leer.

Suko war schon vorgegangen. Ich hielt mich zwei Schrittlängen hinter ihm. In unserer Umgebung war es still. Wir hörten nur die eigenen Geräusche. Kein Keuchen eines Tieres. Kein Knurren, auch nicht das leiseste Heulen. Alles hier oben wirkte wie ausgestorben.

Die beiden sich gegenüberstehenden Häuser, die früher einmal von einer Mauer umschlossen gewesen waren, hatten dem Zahn der Zeit Tribut zollen müssen. Bei genauerem Hinsehen traf auf manche Stellen der Begriff Ruine schon zu. Das bezog sich besonders auf die Dächer, denn sie hatten Lücken bekommen, als wäre an verschiedenen Stellen die Handkante eines Riesen hineingeschlagen.

Zwischen den beiden Bauten blieben wir stehen. Auch hier hatte sich die Natur ausgebreitet. Unkraut wucherte. Nasses Gras schimmert wie grünes Glas. Der Wind hatte Zweige hergeweht, die manchmal aussahen wie Hände mit krummen Fingern.

Ich untersuchte das rechte der beiden Häuser, Suko kümmerte sich um das linke.

Von der Bauweise her waren sie gleich. Auch die

Verwitterung hatte synchron an ihnen genagt. Es gab zwar noch die Fenster, doch kein einziges hatte noch eine Scheibe.

Ich wußte nicht, ob ich die Menschen vom Zirkus, die hier ihr Quartier aufgeschlagen hatten, bewundern oder bedauern sollte. Ich hätte mir einen besseren Ort ausgesucht.

Dort, wo sich früher die Türen befunden hatten, gähnten nur Löcher.

Hoch über uns bewegten sich Vögel. Ihre krächzenden Schreie wehten dem Erdboden entgegen und verstummten sehr bald. Die Tiere kamen mir vor wie Warner, die dann fluchtartig die Umgebung verließen.

»Welches Haus nimmst du dir vor?« fragte ich.

»Gut gesprochen, Alter. Sollen wir uns wirklich trennen oder uns gemeinsam auf die Suche machen?«

»Sicherer wäre es zusammenzubleiben.« Ich zuckte mit den Schultern. »Trotzdem sollten wir uns trennen.«

Suko war einverstanden. Er holte seine Dämonenpeitsche hervor und schlug einmal den Kreis. Jetzt rutschten die drei Riemen hervor, und sie blieben auch draußen, denn Suko steckte die Peitsche mit dem Griff zuerst zurück in den Gürtel.

Wir klatschten uns ab. Zu sagen brauchten wir nichts mehr. Wenn einer etwas entdecken würde, dann würde er dem anderen Bescheid geben. Ich nahm mir das Haus vor, vor dem ich bereits gestanden hatte. Bis zum Eingang waren es nur wenige Schritte, und als ich durch die Öffnung ging, da hatte ich den Eindruck, eine große, kalte Gruft zu betreten. Es war zudem so kalt und klamm wie in dem Grab.

Noch auf der Schwelle steckte ich das Kreuz griffbereit in die Tasche und holte die kleine Leuchte hervor.

Der Lichtstrahl wanderte als heller Streifen über einen Boden. Schon Sekunden später war mir klar, daß sich in diesem Haus die Tiere der Zirkusleute aufgehalten hatten, und sie kannten nun mal keine Toiletten. Strohreste, verschmiert, bräunlich und feucht verteilten sich auf dem Gestein, und auch in den Ecken lag der Dreck.

Es war praktisch eine große Halle. Es gab keine Türen, die in die verschiedenen Räume führten, und diese Halle vor mir war auch leer, abgesehen von einer hölzernen Futterkrippe an der linken Wandseite. Darin befanden sich ebenfalls noch Reste, deren Fäulnisgeruch mir ebenfalls entgegenwehte.

Aber es gab eine Treppe. Und sie sah mir recht vertrauenswürdig aus. Bevor ich darauf zuging, warf ich noch einen Blick in die Höhe. Keine Decke nahm mir die Sicht auf das teilweise zerstörte Dach. Darüber zeichnete sich der immer dunkler werdende Himmel ab. Manchmal haben Häuser Keller. Auch diejenigen, die an so exponierter Stelle standen wie dieses hier. Ich ließ den Lichtstrahl wandern, und er glitt über die nackten Wände hinweg, aber eine Tür, die mich zum Keller geführt hätte, war nicht zu sehen.

Nur glatte und auch schmutzige Wände – und natürlich die Treppe mit den steinernen Stufen, deren Belag dunkel glänzte, als der Strahl meiner Lampe darüber hinwegglitt.

Nicht sehr forsch ging ich auf die Treppe zu. Es gab keinen weiteren Laut in meiner Umgebung, trotzdem rechnete ich damit, beobachtet zu werden. Irgend etwas hielt sich in dieser feuchten Bude auf. Es war nichts zu entdecken, aber ich fühlte mich nicht allein.

Vor der Treppe blieb ich für einen Moment stehen und spähte die Stufen hoch.

Sie endeten praktisch unter dem Dach. Die gesamte erste Etage war ausgespart worden.

Stufe für Stufe ging ich hoch.

Die Treppe hatte nur einen Absatz. Er lag auf der Höhe der ersten Etage. Dort stoppte ich, schaute mich um, leuchtete auch bis zum Eingang zurück, aber auch dort bewegte sich nichts. Es hätte mich nicht gewundert, wenn dort irgendwelche Wölfe vorbeigeschlichen wären.

Suko hatte ebenfalls noch nichts entdeckt, denn in diesem Fall hätte er sich gemeldet.

So ging ich weiter. Das Dach war jetzt näher. Kalter Wind fuhr durch die Öffnungen und strich über mein Gesicht hinweg.

Ich nahm mittlerweile die ersten Geräusche wahr. Sie erreichten mich von oben wie ferne Echos, die entstehen, wenn eine Tür über den Boden hinwegschabt.

Es war der Wind, der unter dem Dach etwas bewegte. Ein Stück Holz, einen lockeren Sparren oder altes Gerümpel. Keine Schritte. Auch nicht das leise Tappen von Pfoten. Kein Fauchen, Knurren oder schnelles, hechelndes Atmen.

Ich war allein, obwohl ich mich nicht so fühlte. Das Haus stand einfach nicht leer. Ich wollte es nicht glauben. Unter dem löchrigen Dach mußte sich etwas befinden.

Der letzte Schritt brachte mich direkt unter das Dach und in den Durchzug hinein.

Die Lampe hatte ich auf dem Weg zum Ziel nicht ausgeschaltet. Nach wie vor glitt der helle Kreis über den Boden, der hier nicht so schmutzig war wie unten.

Was sich hier eingefunden hatte, war vom Wind durch die Löcher im Dach hineingeweht worden.

Blätter, vergammeltes Papier, kleinere Zweige. Durch eine Lücke blickte ich gegen den Himmel. Der Dunst dort hatte sich verzogen, und auch die Wolken hatten Lücken bekommen, durch die ich den klaren Himmel sah. Und genau dort malte sich der helle Mondkreis ab.

Von meinem Blickwinkel aus gesehen stand er schräg über dem Haus und strahlte es an. Eine idealere Umgebung für Werwölfe konnte es nicht geben.

Ich nahm zunächst meine nähere Umgebung in Augenschein.

Den Strahl der Lampe hatte ich verändert, damit er so breit wie möglich fächerte. Wie ein Suchscheinwerfer glitt er durch die Luft und erfaßte genau die Ecke zwischen Dach und Wand.

Dort hockte etwas!

Ich hatte irgendwie damit gerechnet und ging auch nicht zurück. Nur die Spannung breitete sich in meinem Körper aus. Ich wedelte mit der Hand, und der Lichtstrahl machte dabei die Bewegung mit. Er glitt über etwas Dichtes, Pechschwarzes hinweg.

Man hätte an einen Vogel denken können, der dort mit ausgebreiteten Schwingen hockte.

Es war kein Vogel.

Da oben klammerte sich eine riesige Fledermaus fest!

Auch Suko hatte ein leeres Gebäude betreten. Er wußte nicht, was seinen Freund John Sinclair erwartete, in einen Stall war er nicht hineingelangt. Der lange helle Lampenstrahl leuchtete durch ein verlassenes Wohnhaus, das hier im unteren Bereich nicht einmal völlig ausgeräumt worden war. Es war noch ein Teil der Möblierung vorhanden. An der Wand standen einige Stühle, daneben ein Tisch. Daß das dunkle Holz auf der Oberfläche heller schimmerte, lag nicht nur am Licht. Es hatte im Laufe der Zeit auch Schimmel angesetzt. Auf dem Material war eine weißlich-grüne Schicht zurückgeblieben.

Erwartet wurde der Inspektor nicht. Vergeblich lauschte er auf das Tappen der Wolfspfoten. Der Wind hatte altes Laub in das Haus hineingeweht. In einer Ecke war es zur Ruhe gekommen und bildete dort einen feuchten Haufen. Davon strömte ein erdiger Geruch aus.

Nachdem Suko drei Schritte in das Haus hineingegangen war, schwenkte er die Lampe nach links. Die Treppe hatte er schon gesehen. Unter ihr an der Wand entdeckte er einen alten Eisenofen, dessen Rohr in der Wand verschwand.

Eine Querwand teilte den Eingangsbereich und machte ihn auch kleiner. Für Besucher gab es trotzdem genügend Platz, aber diejenigen, die sich hier aufgehalten hatten, waren auch durch die beiden Türen gegangen, die Suko in der Wand sah.

Ja, es gab hier Türen. Ganz im Gegenteil zur Eingangstür, die nicht mehr vorhanden war.

Er ging durch die Stille. Natürlich interessierten ihn die zwei Türen. Warum waren die geschlossen? Was verbarg sich dahinter? Suko konnte mit allem rechnen und besonders mit dem Versteck der verdammten Wölfe. Auf sie und auf Hogan war er fixiert. Er hatte den Typ nicht vergessen, der ihn niedergeschlagen hatte.

Suko ließ den Lichtkegel über die Türen hinweggleiten. Auch daran hatte sich der Schmutz wie eine Schicht abgesetzt. Keiner hatte es für nötig gehalten, ihn abzuwischen. Nur die Klinken sahen relativ sauber aus. Bisher hatte Suko nichts gehört. Als er vor der ersten Tür stehenblieb, neigte er sein Ohr gegen das kalte Holz.

Es war nichts zu hören.

Nicht dahinter, aber Geräusche vernahm der Inspektor trotzdem. Sie klangen nicht hinter der Tür auf, an der er lauschte. Sie kamen aus einer anderen Richtung.

Nicht hinter ihm. Daneben. Da, wo es die zweite Tür in der Wand gab.

Er ging nicht hin. Da reagierte er auf seine innere Stimme. Wenn jemand etwas von ihm wollte, würde sich diese Gestalt schon zeigen.

Er wich zurück und blieb dann dicht an der Wand stehen.

Es vergingen nur Sekunden, da hörte er das typische Geräusch, das entsteht, wenn eine Tür geöffnet wird. Die Klinke konnte sich recht lautlos nach unten bewegen, nicht aber die Tür selbst, denn sie schleifte über den Boden.

Suko hielt den Atem an.

Er war kampfbereit. Er hatte die Lampe ausgeschaltet und weggesteckt.

Kein Licht fiel nach draußen. Der Ankömmling trat aus dem Dunkel in das Dunkel hinein. Er bemühte sich, seine Schritte so leise wie möglich zu halten, doch es gab noch andere Geräusche, die seine übertönten.

Jetzt war das leise Tappen von Pfoten zu hören. Wölfe können nicht schweben. Sie mußten mit ihren Pfoten den Boden berühren. Kaum hatte Suko das Geräusch vernommen, als er bereits die Umrisse der Tiere sah, die sich aus der Öffnung schoben.

Suko zog die Beretta. Er zielte auf die grauen Körper, die allerdings nicht auf ihn reagierten und nicht einmal die Köpfe drehten. Sie gingen noch weiter. Neben Suko wurde die Tür noch mehr aufgestoßen, damit genügend Platz für denjenigen war, der aus dem dahinterliegenden Zimmer trat.

Es gab kein Licht, das der Gestalt einen Schatten gegeben hätte. So ging die Person nach vorn, und Suko sah sofort, wen er vor sich hatte. Der Mann war so gekleidet wie beim erstenmal. Er schien ein Fan von Leder zu sein, denn Jacke und Hose bestanden aus Leder. Er hörte auch das leise Schaben des Materials, als sich der Mann bewegte.

Das blasse Gesicht, das schwarze Haar – Suko mußte sich schon zurückhalten, um Hogan nicht anzugreifen. Der Mann trug sichtbar keine Waffe. Seine Hände waren leer, und er folgte seinen Wölfen, die aussahen wie vierbeinige Leibwächter.

Suko wollte so lange warten, bis ihn der Mann passiert hatte. Erst dann würde er sich melden. Er wunderte sich auch, daß ihn Hogan noch nicht entdeckt hatte.

Er schaute sich nicht um und folgte den Wölfen, die auf die offene Haustür zutrotteten. Dicht davor blieben sie stehen und hockten sich nieder. Sie bewegten sich nicht und atmeten nur. Suko hörte ihr Hecheln und sah auch den kondensierten Atem vor ihren offenen Schnauzen.

Etwa auf halber Strecke blieb Tony Hogan stehen. Er hatte sich nicht einmal umgedreht und den Kopf gewandt. Trotzdem ging Suko davon aus, daß er Bescheid wußte. Dann hörte er das leise Lachen und wurde angesprochen, obwohl sich der andere auch jetzt nicht drehte.

»Ich wußte, daß du kommen würdest, Chinese. Du und dein Freund. Ich habe euch gesehen.«

»Wie schön für dich, Hogan.«

»Schade, ich hätte dich auch töten können.«

»Man soll eben nichts aufschieben, Hogan. Nur bin ich jetzt am Drücker. Noch einmal passiert mir das nicht.«

Tony reckte sich. Er legte für einen Moment den Kopf zurück und lachte. »Glaubst du das wirklich? Meinst du allen Ernstes, daß du hier freie Bahn hast? Irrtum. Das Gebiet beherrschen wir. Es ist ein Kampfplatz, eine Arena, und ich denke mir, daß dein Freund und du inzwischen zermalmt werdet.«

»Wer kämpft gegen wen?«

»Jeder will die Macht haben, das weißt du doch.« Er lachte hämisch. »Nur einer kann sie bekommen.«

Suko wollte etwas sagen. Er wurde allerdings von den Schatten vor der Tür abgelenkt. Der Ausschnitt war breit genug, um die Tiere zu sehen. Sie kamen von zwei Seiten. Die Verstecke hatten sie verlassen, und sie gingen wie auf Samtpfoten zu einem bestimmten Platz, an dem sie sich niederließen.

Es war der Ort vor der Tür. Zusammen mit den anderen Wölfen im Haus zählte Suko sechs Tiere.

Verdammt viele Gegner.

Erst jetzt drehte sich Tony Hogan um. Suko schaute in das blasse Gesicht. Von John Sinclair wußte er, daß sich dieser Mann in eine Bestie verwandeln konnte. Davon war jetzt nichts zu sehen. Vor ihm stand ein völlig normaler Mensch, auch nicht besonders behaart.

»Auf wen wartet ihr?« fragte Suko.

»Du kennst dich aus. Nicht nur Menschen sind Feinde und Opfer zugleich. Es gibt auch andere.«

»Vampire!«
»Ja.«
»Dracula II?«
»Auch.«

Dieses Geständnis eröffnete für Suko völlig neue Perspektiven. Er mußte davon ausgehen, daß sie es wieder einmal versuchten. Werwölfe gegen die Blutsauger. Jeder von ihnen wollte die Macht. Obwohl beide irgendwie gleich waren, haßten sie sich doch bis aufs Blut. Der eine gönnte dem anderen keinen Blutstropfen zusätzlich.

Die vier Wölfe draußen blieben nicht mehr im Freien. Zumindest zwei von ihnen schoben sich hinein. Es waren normale Tiere mit ihren normalen Raubtieraugen, aber Suko wußte sehr gut, daß sie unter Tonys und auch Morganas Einfluß standen. Die Mensch-Wölfin hatte sich seltsamerweise nicht blicken lassen. Suko ging davon aus, daß sie im Hintergrund wartete.

Vor Suko bauten sich die Tiere auf. Jetzt wirkten sie noch mehr wie Leibwächter, und sie wollten ihren Herrn und Meister auch schützen, denn Tony Hogan mußte seinem Fluch folgen und sich verwandeln.

Schon in den letzten Sekunden hatten sein Gesicht und die Arme gezuckt. Fremde Mächte hatten ihn übernommen und dirigierten ihn. Er stellte sich auf die Zehenspitzen und drehte sich dabei um die eigene Achse. Zugleich begann er sich von seiner Kleidung zu trennen. Er riß an seiner Jacke. Er zerrte sie vom Körper und schleuderte sie zu Boden. Eigentlich wurde die Verwandlung von einem wilden Heulen begleitet, so zumindest kannte Suko den Vorgang. Bei Hogan traf es nicht zu. Er hatte seine Schwierigkeiten, aber er zeigte sie nicht akustisch.

Die Qual blieb in seinem Innern. Es schüttelte ihn durch. Immer wieder zuckte sein Körper. Ruckartig bewegte sich der Kopf vor und zurück. Er atmete zischend. Er knurrte, warf sich zu Boden und erlebte seine Verwandlung innerhalb des Kreises, den die vier Tiere gebildet hatten. Die beiden anderen Wölfe standen an der Tür und glotzten mit ihren kalten Augen in das Haus.

Suko hätte die Verwandlung stoppen können. Eine Kugel, ein Angriff mit der Dämonenpeitsche hätte ihn von einem Problem befreit. Er wollte es nicht tun. Nicht aus Mitleid mit dieser Gestalt, er hätte dann zugleich gegen sechs Wölfe kämpfen müssen. Vielleicht hätte er einige von ihnen erwischt, aber alle sechs zu töten, das traute er sich in diesem Moment nicht zu. Außerdem wollte er erfahren, wie es weiterging.

Hogan lag auf dem Boden. Er stöhnte. Seine Hände, die schon behaart waren, fuhren über den nackten Oberkörper hinweg, durch dessen Poren mittlerweile die feinen Haare wuchsen. Sehr schnell lief das ab. Innerhalb kürzester Zeit hatten sich die Haare bereits zu einem regelrechten Pelz oder Fell verdichtet.

Während dies auf der Brust und auch auf dem gesamten Körper passierte, veränderte sich auch das Gesicht des Mannes. Es wuchs nach vorn und erinnerte Suko an eine morphische Veränderung, wie man sie mit dem Computer simulieren konnte und auch immer wieder in den entsprechenden Filmen sah.

Aus dem menschlichen Gesicht wurde die Schnauze eines Wolfes. Die beiden Kiefer waren ebenfalls länger und spitzer geworden. Weit standen sie offen, so daß Suko auch die Veränderung der Zähne sah. Sie waren mindestens um das Doppelte gewachsen. Einige von ihnen liefen spitz zu. Aus der Kehle des Lykanthrophen gurgelte gelblicher Geifer und flog aus der Schnauze, als Hogan seinen Kopf schüttelte.

Er lag noch immer, aber nicht still. Ständig wurde sein Oberkörper geschüttelt und in die Höhe gewuchtet. Er fiel dann wieder zurück, und seine Beine begannen konvulsivisch zu zucken. Die Hose hatte Hogan nicht ausgezogen. Durch die Veränderung waren die Beine dicker geworden. Das Leder begann sich zu dehnen. Es bekam Risse, aus denen jetzt das dunkle Fell büschelweise wuchs.

Er kämpfte. Er keuchte. Er schlug noch immer um sich. Nicht mehr mit Händen, diesmal waren es schon Pranken mit leicht krummen Nägeln, die über den Boden schabten.

Ein Gigant kämpfte. Aber er kämpfte nicht gegen sein Schicksal an, weil er als Mensch nicht die Stärke besaß, den Fluch zu besiegen.

Kein schrilles Heulen. Keine Schreie, nur das dumpfe und schwere Keuchen begleitete die Verwandlung vom Mensch in die Bestie. Das Fell wuchs noch weiter. Es bedeckte auch das Gesicht, in dem eigentlich nur noch die Augen normal aussahen. Alles andere war zu einer widerlichen Schnauze geworden. Allerdings hatten die Augen auch ihren menschlichen Ausdruck verloren, sie sahen jetzt aus wie gelb eingefärbtes Glas und befanden sich in ständiger Bewegung.

Suko hatte die Waffe nicht weggesteckt. Wenn es wirklich hart auf hart kam, mußte er schießen. Auch wenn er es dann mit den sechs Wölfen zu tun bekam.

Aus der liegenden Haltung heraus sprang Tony Hogan als Werwolf in die Höhe.

Er schüttelte sich.

Wieder flog Geifer durch die Luft. Suko zog den Kopf ein, um nicht getroffen zu werden. Aus der Kehle drangen unartikulierte Geräusche, wie sie kein Mensch ausstoßen konnte. Hier hatte der normale Mensch wieder einmal dem Fluch Tribut zollen müssen.

Hogan drehte sich – und stoppte mitten in der Bewegung.

Jetzt starrte er Suko an.

Der Inspektor blieb cool bis in die Zehenspitzen. Er hatte sich darauf einstellen können. Er wußte, daß Hogan nicht mehr in der Lage war, normal zu reden, aber die Gebärdensprache würde er schon begreifen.

Suko zeigte ihm, daß er nicht alles mit sich würde machen lassen wollen. Er hob die Waffe an und zielte auf das »neue Gesicht« des ehemaligen Menschen.

Es hockte kein Wolf mehr auf dem Boden. Die Tiere hatten sich aufgerichtet und standen auf den vier Pfoten. Ihre Blicke galten Suko und ihrem Herrn und Meister. Sie schienen zu wissen, daß es jetzt einzig und allein auf sie ankam. Wenn sich der Wolf das Opfer holen wollte, würden sie ihm den Rücken decken.

Das Hecheln der Tiere und das harte Keuchen des Werwolfs bildeten die Geräuschkulisse. Ein Zurück würde Hogan nicht mehr kennen. Das sah Suko ganz gelassen. Er wußte nur nicht, ob Hogan ihn verstand, wenn er redete. Einen Versuch war es immer wert.

»Egal, ob du mich normal hören kannst«, sagte er, »aber du wirst hier nicht überleben, wenn du versuchst, mich anzugreifen. Meine Waffe ist mit geweihten Silberkugeln geladen, und wie geweihtes Silber auf Bestien wie dich wirkt, muß ich dir wohl nicht sagen. Mich wirst du nicht bekommen . . .«

Er hatte sich eine Reaktion seines Feindes gewünscht, doch da hatte er Pech. Der Werwolf reagierte nicht. Zumindest nicht auf ihn. Warum er plötzlich zuerst den Kopf und dann den Körper drehte, wurde Suko nicht ganz klar, doch das neue Ziel war die offene Tür, und sie war plötzlich auch interessant für die Wölfe geworden.

Er hätte Hogan eine geweihte Silberkugel in den fellbedeckten Rücken schießen können. Er tat es nicht. Suko wußte, daß dieses gefährliche und dämonische Spiel noch nicht beendet war. Wenn er es richtig sah, dann waren er und sein Freund John als Störenfriede hier oben in der Ruine erschienen. Den Werwölfen ging es um etwas ganz anderes. Sie wollten wieder einmal einen Machtkampf mit ihren Erzfeinden, den Vampiren, austragen.

Den Grund für die Veränderung hatte Suko noch nicht gesehen. Auch sein Freund John Sinclair war nicht an der Tür erschienen. Etwas anderes ließ die Wölfe aufjaulen.

Zwei von ihnen glitten durch den offenen Eingang nach draußen. Sie hatten bereits etwas gesehen.

Und dann sah Suko es auch. Zum Glück hatte er sich auf den Ausgang konzentriert. So fiel ihm der Schatten auf, der dicht über den Boden hinweg segelte und der dunkler war als die Umgebung.

Beim ersten Hinsehen dachte Suko an einen Vogel. Er irrte sich. Es war kein Tier mit ausgebreiteten Schwingen. Was da in Schulterhöhe über den Boden flog, war eine von Mallmanns Leibwächtern und Verbündeten, eine große Fledermaus.

Sie wollte vorbei, aber sie schaffte es nicht, denn die beiden Wölfe sprangen sie an . . .

Ich hatte meine Überraschung sehr schnell überwunden. Auch weil ich wohl vom Unterbewußtsein her mit diesem Anblick gerechnet hatte. Ich war schon auf den Kampf zwischen den Werwölfen und den Vampiren hingewiesen worden, und hier hielt sich eben die andere Seite auf.

Es mußte nicht Dracula II selbst sein. In seiner Vampirwelt hatte er seine blutleeren Getreuen um sich versammelt, die auf zwei Ebenen existieren konnten.

Als Fledermäuse auf der einen und auch blutsuchende und bleiche Gestalten auf der anderen Seite. Vampire eben, wie es sie klassischer nicht geben konnte.

Immer wieder verließ Dracula II mit seiner Blutbande die Vampirwelt, um sich Nachschub zu holen, mit dem er sein Reich füllen konnte. Es waren sehr schnelle Gedanken, die durch meinen Kopf huschten, und ich wollte mich auch nicht ablenken lassen, denn es stand fest, daß die riesige Fledermaus mich als Beute ansah.

Ich wollte die Bestie ablenken, die wie ein dunkler Vorhang schräg über mir hing. Deshalb ließ ich den Lichtkegel über die schwarze Fläche hinwegzucken. Mit der anderen Hand holte ich die Beretta hervor, aber ich war trotzdem zu langsam.

Es ging alles unglaublich schnell. Der Schatten über mir faltete sich zusammen. Mit einer Bewegung war er plötzlich klein geworden, dann fiel er nach unten.

Bevor ich abdrücken konnte, klatschte etwas gegen mein Gesicht. Die Haut hatte mich nur gestreift; trotzdem war ihre ledrige Härte zu spüren gewesen.

Ich drehte mich. Natürlich wollte ich noch schießen, doch der Schatten war einfach zu schnell. Er brauchte sich auch nicht durch die Luke zu zwängen, der Weg nach unten war für ihn frei, Hindernisse existierten für ihn nicht.

Das gespenstische Wesen jagte nach unten. Rasant, wie gekippt. Ich war nicht schnell genug, denn ich mußte als Mensch die normale Treppe nehmen.

Obwohl es mich drängte, ließ ich mir eine gewisse Zeit. Ich wollte in der Dunkelheit nicht fallen. Die Lichtlanze der Lampe leuchtete nur einen bestimmten und sehr kleinen Teil des Hauses aus. Alles andere blieb als dunkle Kulisse um mich.

Auf der zweitletzten Stufe stieß ich mich ab und sprang den letzten Rest. Ich fing mich wieder, drehte mich und hielt Ausschau nach der verdammten Fledermaus.

Sie war nicht mehr da!

Die offene Tür war für sie der perfekte Fluchtweg gewesen, auf dem sie ins Freie gehuscht war.

Ich folgte ihr und dachte dabei ein Stück weiter. Mir wollte nicht in den Sinn, daß sie die einzige Fledermaus in der Umgebung war. Und sie war auch nicht Dracula II in seiner anderen Gestalt gewesen. Sie gehörte in den Kreis seiner Helfer.

Ich verkniff mir den Wunsch, durch die Tür ins Freie zu laufen. Ich verharrte kurz auf der Schwelle, um mir einen guten Überblick zu verschaffen. Ich sah zunächst das Haus gegenüber.

Mir stockte der Atem. Da waren die Wölfe, die sich an der Tür und auch tiefer im Haus drängten. In der Dunkelheit hob sich zudem eine ebenfalls düstere Gestalt ab. Suko war es nicht. Aber die Gestalt bewegte ihren Kopf. Auf Grund der kalten gelben Augen wußte ich, daß es ein Werwolf war. Wahrscheinlich Tony Hogan.

Er hatte sich die Wölfe zum Schutz geholt, die recht

unruhig geworden waren und einige Male über den Boden scharrten. Ich dachte wieder an den Vampir, der mir entwischt war. Wahrscheinlich hielt er sich in der Dunkelheit des Himmels versteckt, an dem der Mond als runde Scheibe stand. Davor zeichnete sich nicht der Schatten des Götterwolfs ab, was mich schon mal beruhigte.

Ein Schatten war trotzdem da.

Und es gab die gewaltige Fledermaus, die plötzlich zwischen den beiden Häusern auftauchte. Sie gab sich, als wäre nichts geschehen. Mit nahezu trägen Bewegungen ihrer Schwingen fand sie ihren Weg, als wollte sie bewußt in ein geweihtes Silbergeschoß hineinfliegen.

Ich hatte schon die Waffe angehoben, um zu schießen, als mir die beiden Wölfe zuvorkamen. Sie waren schneller und lösten sich mit zwei Sprüngen von der Schwelle des gegenüberliegenden Hauses. Genau in dem Augenblick, in dem der Vampir vorbeifliegen wollte.

Sie packten mit ihren harten Gebissen zu!

Mit ihren Fangzähnen hatten sich die Tiere im Körper der Fledermaus verbissen. Das Tier wollte sich befreien, es versuchte an Höhe zu gewinnen, schaffte es aber nicht einmal halb, denn die Wölfe stellten sich auf die Hinterpfoten und griffen sofort mit ihren Gebissen nach. Sie hingen an den Schwingen der Fledermaus, so daß diese sich nicht mehr bewegen konnte, abgesehen von ihrem kleinen Kopf, der hin und her schwang. Das Tier wurde von den beiden Wölfen zu Boden gezerrt. Mit harten, wütenden Bissen rissen sie lappengroße Stücke aus den Schwingen hervor, die sie sofort wieder ausspien. Aus dem Haus sprangen zwei weitere Wölfe, um ihren Artgenossen zu Hilfe zu eilen. Auch sie stürzten sich auf die Fledermaus, um sie ebenfalls in Stücke zu reißen.

Ich ließ mich von dem Bild nicht mehr ablenken. Der Vampir war für mich bereits Vergangenheit. Etwas anderes war wichtiger. Noch immer war mir nicht bewußt, wer sich alles im gegenüberliegenden Haus aufhielt und wie es meinem Freund Suko erging.

Das Licht meiner Leuchte reichte aus, um einen dünnen Strahl durch die offene Tür zu schicken. Für einen Moment blieb er auf die Fratze des Werwolfs gerichtet. Sekunden später hatte ich den Strahl gesenkt und sah die halb zerfetzte Lederhose an seinen fellbedeckten Beinen. Im Hintergrund tauchte Suko auf, der seine Waffe in der Hand hielt, aber noch nicht geschossen hatte.

Er war okay, was mir auch wieder guttat. Gemeinsam hatten wir schon so manchen Kampf durchgestanden. Bisher hatten wir das Glück gehabt, daß sich die feindlichen Parteien mehr um sich kümmerten als um uns, aber das würde nicht lange so bleiben.

Der Vampir hatte keine Chance.

Die vier Wölfe hingen wie Kletten an ihm. Sie bissen zu, sie zerrten, sie rissen, sie keuchten dabei, und ich hörte auch Laute, als würde starkes Papier zerrissen.

Die Fledermaus hatte ihren Zustand beibehalten und sich nicht in einen Menschen verwandelt. Sie tobte nicht mehr auf dem Boden, sie zuckte nur noch mit den Resten des Körpers. Eine Wolfsschnauze tauchte dicht über ihrem Gesicht auf, bevor sie nach unten fuhr und mit einem Biß den Kopf zermalmte.

Es war das Aus!

Die Wölfe heulten. Sie schoben sich zurück. Sie drehten sich, aber ich sah ihre Augen auch auf mich gerichtet und wußte, wen sie sich als nächstes Opfer ausgesucht hatten.

Zusätzlich bekamen sie Verstärkung, denn die beiden restlichen Wölfe hatten es nicht mehr ausgehalten. Wahrscheinlich waren sie von Hogan aus dem Haus getrieben worden, und der Werwolf selbst hatte sich auf ihre Fersen gesetzt.

Am Himmel stand der Mond sehr günstig. Sein Licht fiel auch zwischen die beiden Häuser.

Beide – Vampire und Werwölfe – saugten ihre Kraft aus dem kalten Licht. Und sie waren gut zu sehen. Besonders der Werwolf. Hogan war nach der Verwandlung noch gewachsen. Obwohl er leicht gebückt stand, kam er mir größer vor als ein normaler Mensch. Ein großer Kopf. Funkelnde Augen. Eine Schnauze, die weit vorstach und geöffnet war. Er bewegte sich tappend und unförmig. Ich aber ließ mich davon nicht täuschen. Aus Erfahrung wußte ich, wie schnell und gewandt diese Bestien werden konnten.

Suko zielte auf seinen Rücken. Ich hatte sein knappes Nicken gesehen, es war also alles okay bei ihm. In der linken Hand hielt er die Dämonenpeitsche. Eigentlich hatte Tony Hogan keine Chance gegen uns, was er allerdings nicht wußte oder nicht wahrhaben wollte.

Die Zunge tanzte aus der Schnauze und leckte um den unteren Kiefer. Sechs Wölfe schützten ihn. Sie drängten sich an ihn. Ihr Knurren und Keuchen durchbrach die Stille.

Er stand in der Falle.

Aber wir schossen beide nicht. Unabhängig voneinander hatten wir das Gefühl, daß noch etwas passieren würde – und wir täuschten uns nicht.

Plötzlich hörten wir die Geräusche in der Luft und über uns. Jemand schien Wäsche an eine hohe Leine gehängt zu haben. Ein starker Wind wuchtete gegen jedes einzelne Stück und ließ es geräuschvoll flattern.

Nein, das war keine Wäsche. In der Luft befanden sich andere Wesen. Schatten, die in mir die Erinnerung an die Schwarzen Vampire wachriefen, die einst zu Myxin gehört hatten.

Sie waren da, sie segelten herbei. Sie überflogen auch die beiden Dächer. Mallmann, alias Dracula II, hatte einen Teil seiner verdammten Schutztruppe geschickt, um den Sieg über die Werwölfe zu erringen.

Automatisch folgten wir ihnen mit unseren Blicken. Sie landeten nicht, und sie wurden auch von den Raubtieraugen der Werwölfe verfolgt. Ihr Ziel lag weiter entfernt. Bevor sie es erreicht hatten, verloren sie an Höhe und sanken zu Boden.

Die Wölfe hatten uns vergessen, wir kümmerten uns nicht mehr um sie, denn jetzt gab es neue Gegner.

Noch zögerten sie. Auch Hogan tat nichts. Er war fasziniert, wie auch mein Freund und ich.

Es blieb nicht bei ihrer Gestalt. Als wäre die Umgebung plötzlich in graues Licht getaucht worden, sahen wir die Verwandlung, die mit ihnen vorging.

Sie wollten nicht mehr die Körper der Fledermäuse behalten. Es gab sie in zwei Gestalten, und aus dem Wirrwarr schälten sich allmählich die menschlichen hervor.

Suko und ich konnten nur staunen. Es war der glatte Wahnsinn. Wir hatten schon öfter erlebt, wenn sich ein Vampir verwandelt, aber nicht in dieser

Masse. Alle Fledermäuse bekamen menschliche Körper, und sie wurden gleichzeitig zu schrecklichen Gestalten. Sie sahen aus wie Zombies, die aus einem Grab gestiegen waren und sich nun auf die Suche nach menschlichem Fleisch machten.

Nackte Wesen. Drei, vier – nein, es waren fünf, die ihren neuen Zustand erreicht hatten. Sie alle hatten irgendwann einmal auf dieser Welt gelebt, bis sie von Will Mallmann, alias Dracula II in die Vampirwelt geholt worden waren, um dort eine neue Existenz zu bekommen.

Ich griff nicht ein. Auch Suko hielt sich zurück. Wir wollten beide abwarten, was die Wölfe taten. Für mich stand fest, daß sie diese Körper nicht so einfach zerreißen konnten wie die Fledermäuse. Mit ihren Gebissen würden sie ihnen Stücke aus dem Körper fetzen, sie jedoch nicht töten.

Es war Suko, der sich zuerst bewegte. Mit schußbereiter Waffe ging er um Tony Hogan mit seinen Leibwächtern herum, die sich nicht um ihn kümmerten. Auch ich war für sie unwichtig geworden.

Sie hatten sich nebeneinander aufgebaut. Die Wölfe knurrten leise. Die Schnauzen hielten sie offen, die Zungen hingen heraus. Sie hatten die Ohren aufgestellt, waren wachsam bis in die Schwanzspitzen.

Auch die Vampire blieben zusammen. Die Körper der Fledermäuse waren verschwunden, als hätte man sie ausradiert. Das hier war keine Auseinandersetzung, die uns galt oder in die wir mit hineingezogen wurden. Hier lief alles auf eine Machtprobe hinaus, die sich die beiden dämonischen Seiten lieferten. Jede Seite wollte siegen. Die Vampire ebenso wie die Werwölfe.

Fünf Blutsauger hatten sich zusammengedrängt.

Wenn es nach den alten Regeln ging, mußte das Mondlicht sie aufblühen lassen. Ich stellte auch fest, daß sie sich sicherer bewegten. Sie schwankten nicht mehr so stark. Sie standen zusammen und stützten sich gegenseitig.

»Greifen wir an?« fragte Suko.

»Müssen wir das?«

Er verzog den Mund. »Im Moment nicht. Ich will nur nicht, daß Tony Hogan überlebt.«

»Dafür werden wir sorgen.«

Die Wölfe wollen den Kampf. Sie hechelten. Sie schüttelten die Köpfe. Waren bereit, die Werwolf-Hölle zu entfachen. Keiner von uns konnte voraussagen, wer hier den Kampf gewinnen würde. Es gab keine Gnade, es gab keine Regeln. Sie würden erst aufhören, wenn der letzte von ihnen vernichtet sein würde.

Zuerst kamen die Vampire, und die Wölfe ließen sie gehen. Sie wollten sie auf dem engeren Platz zwischen den Häusern erwarten, wo eine Flucht schwer möglich war.

Das Mondlicht schuf die perfekte Beleuchtung. Kalt und auch unheimlich. Jeder Blutsauger malte sich in seinem Schein an. Es waren nicht nur Männer, die uns da entgegenkamen. Auch zwei Frauen befanden sich in der Fünfergruppe.

Sie sahen einfach scheußlich aus. Magere Körper mit herabhängenden Brüsten und leeren, bleichen Gesichtern, in denen die Augen zu schwimmen schienen. Bei einer Frau hing der rechte Mundwinkel herunter. Ich sah, daß nur die beiden spitzen Zähne aus dem Oberkiefer hervorschauten. Und ihr Wahrzeichen trugen sie alle. Die Mäuler standen offen, die Zähne waren zum Biß gebleckt.

Sie schlurften über den Boden. Untote. Lebende Leichen aus einer kaum vorstellbaren und wahnsinnigen Welt, die Blut wollten, aber auch die Vernichtung ihrer anderen Feinde. Sollten sie den Kampf gewinnen, würden sie sich auf uns stürzen, um sich satt zu trinken.

Fenris und Morgana auf der einen Seite ließen sich ebensowenig blicken wie Dracula II, der Anführer der Blutsauger. Wieder einmal hatten sie ihre Vasallen geschickt. Der Ort war für einen Kampf ideal. Ich war nur froh, daß sie ihn nicht in Tidebrock austrugen. Sie hätten das Dorf sonst in eine Hölle verwandelt.

Näher und näher kamen die Blutsauger. Ihre Körper waren beinahe schon Gerippe. Sie hatten lange gedarbt. Das wichtige Blut war ihnen vorenthalten worden, und sie würden es schlürfen, wenn sie ihre Zähne in die Körper der Wölfe schlugen.

»Achtung ...«, sagte Suko nur.

Er hatte recht.

Plötzlich griffen sie an.

Nicht die Vampire, denn es war Hogan mit seinen Werwölfen, der nach vorn stürmte ...

Keiner der Blutsauger wich zur Seite. Sie hielten stand, sie wollten es wissen, und sie stemmten sich den angreifenden Tieren entgegen.

Schatten flogen bei den Sprüngen durch die Luft. Sechs Wölfe und ein Werwolf gegen fünf Vampire. Das Verhältnis konnte nur zugunsten der Tiere ausgehen.

Sie trafen ihr Ziel. Sie bissen zu, und sie bissen sich dabei auch fest. Sie gaben den Blutsaugern nicht die Spur einer Chance. Die Kraft der Sprünge riß die

Vampire zu Boden, und dann hockten die Wölfe wie zottige Felsstücke auf ihnen.

Wir hörten das Knurren. Das Knirschen der Zähne oder das der Knochen, so genau war es nicht herauszufinden. Die Blutsauger zappelten unter den Wölfen wie eine normale Beute, die längst ihr Leben verloren hätte.

Nicht die Untoten. Sie kämpften weiter. Sie besaßen eine Kraft, die nicht von dieser Welt stammte, und deshalb wurden sie von den Bissen auch nicht getötet.

Sie packten selbst zu.

Als Zuschauer erlebten wir, wozu die Vampire fähig waren. Es gelang ihnen, sich in die Höhe zu stemmen, obwohl die Wölfe mit ihren harten Gebissen noch an ihnen hingen.

Es war der blanke Wahnsinn. Es gab für uns keine logische Erklärung. Hier kämpften Gestalten, die mit dem Verstand nicht zu begreifen waren.

Ein Vampir hatte sich auf die Beine gestellt. Der Wolf hing an ihm. Seine Zähne hatten sich in seiner Schulter verbissen. Er schnappte immer wieder zu, ohne richtig loszulassen, aber der Blutsauger hatte noch seine rechte Hand frei.

Damit umschloß er die Kehle des Wolfs. Ich wußte, wie stark einer wie er zugreifen konnte. Der Wolf wußte es nicht. Die Finger nahmen ihm die Luft. Sie waren dabei, ihn zu zerstören. Er zappelte mit den Läufen, und dann plötzlich quoll eine dunkle Flüssigkeit aus seiner Kehle. Genau das Blut, auf das die Wiedergänger so scharf waren. Der Vampir reagierte sofort. Er warf sich auf die leblose Gestalt des Wolfes und leckte das Blut aus der Wunde.

Ein Schrei überdeckte alles.

Der Werwolf hatte ihn ausgestoßen. Hogan hatte

bisher noch nicht eingegriffen. Jetzt, als einer seiner Wölfe gestorben war, kannte er keine Grenze mehr.

Er war es, der sich auf den Vampir stürzte, und er ging mit aller Brutalität zu Werke. Er riß ihn mit seinen Krallen von der Blutquelle weg. Eine Kralle hatte er in seinen Rücken gedrückt, die andere umspannte den Nacken.

In den folgenden Sekunden schien er sich in eine Maschine verwandelt zu haben, als er sich mit seiner Beute drehte und sie mit aller Macht gegen die Hauswand schleuderte.

Wie ein Ball tickte der Untote dagegen, prallte ab, fiel auf den Boden und wurde wieder gepackt.

In den folgenden Sekunden erlebten wir, wie mächtig der Werwolf tatsächlich war. Mit beiden Händen und ruckartig riß er dem Blutsauger den Kopf ab.

Das war auch eine Möglichkeit, um sich eines Vampirs zu entledigen. Er schleuderte den Kopf ebenso von sich wie den Körper. Sein tierisches Brüllen begleitete den Flug der beiden Teile.

Beide Parteien kämpften noch immer. Sieger schälten sich noch nicht hervor. Jeder Vampir war von mehreren Bissen gezeichnet, aber so brachte man sie nicht um. Hogan oder seine Meisterin Morgana hatte einen Fehler begangen. Sie hätten ihm keine normalen Wölfe, sondern Werwölfe zur Seite stellen sollen.

Vier Vampire gab es noch und fünf Wölfe. Einige lagen ineinander verkrallt auf dem Boden, andere standen, und es sah so aus, als wollten sich Wolf und Vampir umarmen und Freundschaft schließen.

Tony Hogan drehte sich wieder. Plötzlich waren wir für ihn interessant geworden. Er glotzte uns an. Seine Schultern zuckten, die Krallen waren griffbereit geöffnet. Es lag auf der Hand, daß er uns zerreißen wollte.

»Ihn übernehme ich!« sagte Suko mit einer Stimme, die keinen Widerspruch duldete. »Es steht noch eine Rechnung offen.«

»Dann aber los!«

Sukos Sprung nach vorn irritierte den Werwolf. Normalerweise griff er an, nicht sein Feind. So zuckte er plötzlich zurück und sah auch, daß Suko die Dämonenpeitsche gezogen hatte.

Er befand sich noch im Sprung, als er mit der Peitsche ausholte. Die Bestie war so groß und breit, daß er sie gar nicht verfehlen konnte.

Drei Riemen trafen den dunklen, fellbedeckten und auch zottigen Körper.

Die Kraft schleuderte das dämonische Tier zurück. Es riß seine Arme hoch, beide Krallen zucken durch die Luft und fanden keinen Gegner. Es brüllte schrecklich auf. Wahrscheinlich hatte es noch nie zuvor diese Schmerzen gespürt.

Vor uns taumelte Hogan her wie jemand, der seine Bewegungen nicht mehr unter Kontrolle bekommt. Er schleuderte mal seine Beine hoch, dann wirbelte er mit den Armen. Er wußte auch nicht, wohin er lief. Die drei Riemen hatten tiefe Wunden in seinem Körper hinterlassen. Wie kleine Gassen hatten sie in das Fell und auch in das darunterliegende Fleisch hineingeschnitten.

Er prallte gegen die Hauswand.

Der Gegendruck stieß ihn zurück. Seine Bewegungen wurden von Sekunde zu Sekunde unkontrollierter. Es trieb ihn zur Seite und zugleich nach vorn. So erlebten wir zwei Bewegungen in einer – und sahen auch den Schub, den er erhalten hatte.

Er konnte nur nach vorn.

Da war die Öffnung im Haus. Diesmal hielt ihn

nichts mehr auf. Er stolperte über die Schwelle hinweg und verdrehte beim Gehen einen Fuß, so daß er ins Stolpern geriet.

Wie hingeschleudert landete er auf dem Boden. Nicht ganz im Haus, denn er lag auf der Schwelle. Seine zuckenden Beine ragten noch nach draußen.

Tony Hogan war nicht mehr in der Lage, sich zu erheben. Die Kraft der Dämonenpeitsche hatte ihn getötet und zugleich erlöst, denn seine Gestalt verwandelte sich wieder zurück, und so wurde er wieder zu einem Menschen.

Das Fell graute erst ein, dann löste es sich ab. Es rann wie feiner Puder zu Boden. Zurück blieb die normale Haut eines Menschen, allerdings durch drei tiefe Wunden gezeichnet, die der Mann nicht überlebte.

Suko war zu ihm gegangen. Ich hielt vor dem Haus Wache. Auf der Schwelle blieb mein Freund stehen. Er bückte sich, schaute nach, und als er sich wieder zu mir umdrehte, zuckte er die Achseln. Die Geste sagte alles. Er brauchte nichts mehr hinzuzufügen.

Jetzt hatten die normalen Wölfe ihre Unterstützung verloren. Aber sie kämpften noch.

Sie konnten den Blutsaugern jedoch nicht gefährlich werden. Trotz der Bisse. Die kräftigen Zähne der Wölfe hatten Haut zerfetzt und auch Fleischstücke aus den Körpern gerissen, doch die Vampire waren trotzdem nicht vernichtet worden.

Sie hatten bereits einen weiteren Wolf getötet, und um einen nächsten sah es ebenfalls schlecht aus. Auf ihn hatten sich die beiden Frauen gestürzt und drückten ihn zu Boden.

Der Wolf war im Begriff zu sterben. Sein Körper zuckte nur noch schwach.

Aus großen Wunden am Bauch floß das dunkle

Blut, das von den Vampiren ausgeleckt und getrunken wurde. Nicht nur das Blut der Menschen stärkte sie, auch das der Tiere würde ihnen Kraft geben, und genau das wollten wir nicht.

Wenn sie stark waren, würden sie uns angreifen. Dem mußten wir zuvorkommen.

Ich sah Suko an. »Alles klar?«

»Gehen wir!«

Suko war mit der Dämonenpeitsche und der Beretta bewaffnet. Wir mußten es bei den normalen Wölfen mit Kugeln erledigen. Das war nichts für die Magie der Dämonenpeitsche.

Ein Problem stellte sich nicht.

Es gab keinen Wolf mehr, der sich noch wehrte. Und so konnten wir in aller Ruhe zielen und schießen.

Jede Kugel traf einen Kopf. Innerhalb einer Sekunde war die Existenz der restlichen Wölfe ausgelöscht. Ein Vampir würde keine Beute mehr finden. Zumindest nicht unter den Wölfen. Es gab noch andere Personen, aber es dauerte, bis sie sich darauf eingestellt hatten.

Wir standen an den Seiten dieser schmalen Straße zwischen den beiden Häusern und konnten uns Zeit lassen.

Es war eine Veränderung eingetreten. Wir hörten keine Kampfgeräusche mehr. Kein Knurren oder Keuchen. Kein wütendes Schnappen der verdammten Wolfsgebisse. Stille lastete über der Gegend. Nach wie vor stand der Mond am Himmel wie auch schon vor Hunderttausenden von Jahren. Und auch Dracula II sowie Morgana Layton ließen sich nicht blicken. Sie waren die Anführer, und sie waren schlau genug, stets ihre Vasallen vorzuschicken, um Entscheidungen herbeizuführen.

Keiner der Vampire sah noch normal aus. Sie alle

trugen die Spuren der Bisse an ihren Körpern. Einer weiblichen Untoten war das halbe Gesicht an der Seite weggerissen worden, aber aus der breiten Wunde floß kein einziger Tropfen Blut.

Sie stand, sie schwankte und warf sich plötzlich herum, um mich aus der Drehung packen zu können.

Sie faßte auch zu, doch sie griff an mein Kreuz, das ich ihr entgegenhielt.

Aus ihrem Maul brach ein Laut hervor, der kaum zu beschreiben war. Sie torkelte zurück und glühte plötzlich im Innern des Körpers auf. Das Licht vernichtete sie von einer Sekunde zur anderen. In einer Wolke aus Staub sackte sie zusammen.

Eine zweite Gestalt brannte lichterloh. Sie war von den Riemen der Peitsche getroffen worden. Als brennende Gestalt lief sie durch die nahe Umgebung, prallte mit der Hauswand zusammen und sank dort als Feuerball in die Knie.

Blieben noch zwei!

Und kein Dracula II griff ein, um sie zu retten. Aber sie wußten, was auf sie zukam, und wollten zurück. Es war einfach nur ein lächerlicher Fluchtversuch. Kein Blutsauger konnte uns entkommen. Keiner würde einen Menschen anfallen.

Geweihte Silberkugeln sparten wir uns. Das Kreuz und die Dämonenpeitsche zerstörten die letzten Gestalten ebenso wie auch die anderen zuvor.

Danach gab es nur noch uns. Und das Licht des Mondes, das seinen kalten Schein über uns ergoß.

»Das war es wohl«, sagte ich zu Suko. »Gratuliere.«

»Ebenfalls!«

Und dann hörten wir das Lachen!

Nein, es war nicht Will Mallmann, der aus dem Unsichtbaren hervor lachte. Es war das Lachen einer Frau, und das konnte nur Morgana Layton sein. Der Moment der Entspannung war für uns dahin, jetzt standen wir beide wieder unter Strom, gingen voneinander weg, drehten uns, suchten die Gegend ab, aber Morgana ließ sich aus guten Gründen nicht blicken. Sie wußte selbst, daß es zwischen ihr und mir keine Freundschaft oder Sympathie mehr gab. Sie hatte sich für die andere Seite entschieden, und für mich gab es keinen Grund zum Wechsel.

Wir warteten ab, bis das Lachen nicht mehr zu hören war. Verändert hatte sich nichts. Morgana blieb auch weiterhin im Hintergrund versteckt. Nicht einmal ihre Stimme hörten wir.

Ich blickte hoch zum Mond.

Schon einmal hatte ich den Schatten des Götterwolfs gesehen. Auch jetzt tauchte er auf, und seine langgezogene Schnauze schob sich in den Kreis hinein.

Es war nur sein Schatten, der sich zeigte, um zu demonstrieren, daß wir auch nach wie vor mit ihm rechnen mußten.

Noch ein anderer erschien.

Er war nicht starr, aber er war weit von uns entfernt und bewegte sich über den dunklen Himmel, bis er ebenfalls in den Lichtbereich des Erdtrabanten geriet und seine Umrisse deutlicher wurden.

Eine gewaltige Fledermaus mit mächtigen, gezackten Schwingen und einem kleinen Kopf. Es war nicht zu erkennen, ob sich das Gesicht des Dracula II dort abmalte, die Entfernung war einfach zu groß, aber wir konnten davon ausgehen.

Er näherte sich dem Schatten des Götterwolfs von

der anderen Seite und dessen Schnauze öffnete sich, als wollte Fenris nach dem mächtigen Vampir schnappen.

Er schaffte es nicht, denn ihn und Mallmann trennte einfach zuviel. Und deshalb zog er sich auch wieder zurück, ebenso wie Darcula II, der einige seiner Getreuen verloren hatte und sicherlich vor Wut kochte. Wie ich ihn kannte, würde er seine verdammte Bluttruppe wieder auffüllen. Das Gefühl, nichts dagegen unternehmen zu können, war nicht eben motivierend für mich.

Wenig später sahen wir nur noch die gelbe Scheibe. Die Welt war wieder normal geworden.

Suko ging zur Seite und sagte: »Da war doch noch dieses Lachen.«

»Morgana?« Ich lachte und schüttelte den Kopf. »Ich glaube nicht, daß wir sie noch sehen werden.«

»Was sollen wir dann noch hier?«

»Eben.«

Wir gingen zurück zu unserem Wagen. Es war Nacht geworden, und der Wind in dieser Höhe hatte für klare Luft gesorgt. Nicht aber unten im Tal. Da sahen wir den Nebel wie eine wabernde graue Suppe.

Wir erreichten den Rover. Sofort fiel uns der helle Zettel auf, der hinter dem rechten Scheibenwischer klemmte. Eine Nachricht, die ich hervorzupfte.

Ich mußte den Zettel auffalten. Die Schrift war auch in der Dunkelheit zu lesen.

»Was steht denn darauf?« fragte Suko.

»Ein Abschied von Morgana.«

»Wunderbar. Und was schreibt sie?«

»Wir sehen uns wieder.«

»Wie schön.«

Ich zuckte mit den Schultern. »Ob das schön für sie

oder uns wird, weiß ich nicht. Jedenfalls ist es mir egal.« Ich zerriß den Zettel in kleine Stücke. Der Wind fegte sie mir aus der Hand und wehte sie davon.

War das ein Wink des Schicksals? Ich konnte nicht daran glauben. Ich würde Morgana wiedersehen und auch Mallmann. Es hatte keinen Sinn, sich darüber aufzuregen. Aber irgendwann einmal würde es eine Zeit geben, wo es beide nicht mehr gab.

Na ja, zumindest hoffte ich es ...

ENDE

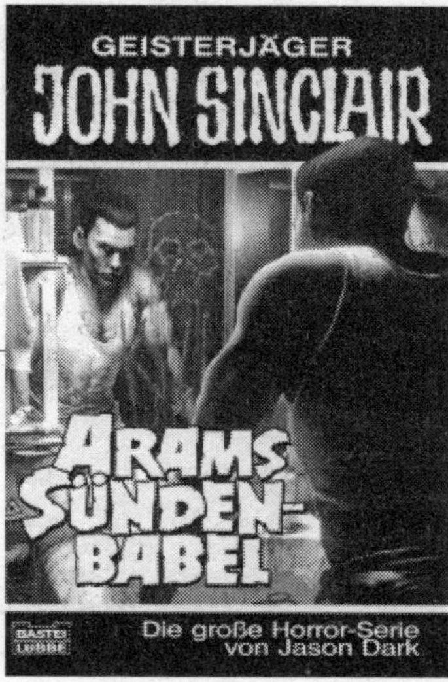

Früher war das Hotel eine Oase für Stars gewesen. Da blieben sie unter sich und verwandelten das Haus in ein Sündenbabel.
Später stand es über Jahrzehnte hinweg leer. Bis Aram de Fries es kaufte. Er wollte es wieder zu einem Star-Treffpunkt hochstylen.
Aber das Hotel war und blieb verrucht. Die Vergangenheit konnte nicht abgeschüttelt werden. Die alten Gäste kehrten zurück. Sex, Mord und Totschlag lebten wieder auf.
Ich erhielt einen Tip von meiner Freundin Janine Helder. Und so geriet auch ich in Arams Sündenbabel . . .

ISBN 3-304-73234-0

BASTEI LÜBBE

Das Dreiländereck zwischen der Republik Kongo, Uganda und Ruanda. Es herrscht Bürgerkrieg. Brutal und grausam, wie man es sich kaum vorstellen kann. Rebellenbanden ziehen mordend durch den Dschungel. Die wehrlosen Opfer sind zumeist einheimische Zivilisten, aber auch Touristen aus Europa und den USA. Für Jerry Cotton und Phil Decker ist die Nachricht ein Schock: John D. High, Chef des New Yorker FBI-Büros und ihr väterlicher Freund, ist einer Bande skrupelloser Rebellen in die Hände gefallen. Sein Schicksal scheint besiegelt. Cotton und Decker aber fassen einen tollkühnen Plan: ihren Chef aus den Klauen dieser unmenschlichen Bestien zu befreien!

ISBN 3-404-31471-9

BASTEI LÜBBE